रुडयार्ड किपलिंग

की

लोकप्रिय कहानियाँ

रुडयार्ड किपलिंग
की
लोकप्रिय कहानियाँ

रुडयार्ड किपलिंग

अनुवाद

मोजेज माइकेल

प्रकाशक

प्रभात पेपरबैक्स

4/19 आसफ अली रोड, नई दिल्ली-110002

फोन : 23289555 • 23289666 • 23289777 ❖ फैक्स : 23253233

इ-मेल : prabhatbooks@gmail.com ❖ वेब ठिकाना : www.prabhatbooks.com

संस्करण

प्रथम, 2016

मूल्य

एक सौ पचास रुपए

अ.मा.पु.स. 978-93-86231-15-4

मुद्रक

आर-टेक ऑफसेट प्रिंटर्स, दिल्ली

RUDYARD KIPLING KI LOKPRIYA KAHANIYAN

Published by **PRABHAT PAPERBACKS**

4/19 Asaf Ali Road, New Delhi-110002

ISBN 978-93-86231-15-4

₹ 150.00

अनुक्रम

1

मोती गज : विद्रोही

एक बार की बात है, भारत में एक कॉफी बागान मालिक हुआ करता था, जो कॉफी की खेती के लिए जंगल की कुछ जमीन साफ करना चाहता था। जब उसने सारे पेड़ काट दिए और झाड़ियों को जला दिया, किंतु ठूँठ फिर भी बचे रह गए। डायनामाइट महँगा होता है और आग अपेक्षाकृत धीमी होती है। ऐसे में ठूँठों को हटाने का सहज माध्यम सभी जानवरों का राजा हाथी ही होता है। वह ठूँठ को या तो अपने दाँतों से उखाड़ देगा—अगर उसके दाँत हुए तो—या उसे रस्सियों से बाँधने पर खींचकर जमीन से बाहर निकाल देगा। इसलिए उस बागान मालिक ने एक-एक, दो-दो एवं तीन-तीन के हिसाब से हाथी मँगवाए और काम पर लगा दिया। उनमें सबसे अच्छे हाथी का महावत सबसे खराब था और उस श्रेष्ठ हाथी का नाम मोती गज था। वह अपने महावत की पूरी मिल्कियत था, जो देसी राज में कभी संभव न होता; क्योंकि मोती गज जैसे जीव के लिए राजा लोग लालायित होते और उसके नाम का मतलब था—मुक्ता हाथी। देश में चूँकि अंग्रेजी हुकूमत थी, इसलिए महावत दीसा अपनी इस संपत्ति का उपयोग बिना किसी दखल के कर सकता था। वह आरामपरस्त इनसान था। जब वह अपने हाथी के द्वारा काफी पैसा कमा लेता तो बहुत

ज्यादा पीता और मोती गज के आगे के पैरों के कोमल नाखूनों को तंबू के खूँटे से पीटता था। ऐसे मौकों पर मोती गज ने कभी दीसा को कुचलकर मारा नहीं, क्योंकि वह जानता था कि पिटाई के बाद दीसा उसके सूँड़ से लिपट जाएगा, रोएगा और उसे अपना प्यार तथा अपनी जिंदगी एवं अपने जिगर का टुकड़ा कहेगा और उसे शराब पिलाएगा।

मोती गज शराब का बहुत शौकीन था। उसकी पसंद ठर्रा शराब थी, मगर और कुछ बेहतर न मिले तो वह ताड़ी भी पी लेता था। तब दीसा उस मोती गज के अगले पैरों के बीच सो जाता था और दीसा अकसर ही आम रास्तों के बीचोबीच अपने लिए जगह चुनता था; क्योंकि मोती गज उसकी पहरेदारी करता था और किसी घोड़े या गाड़ी को वहाँ से निकलने नहीं देता था। इस तरह वहाँ तब तक भारी जाम लगा रहता था, जब तक दीसा को यह माकूल नहीं लगता कि उसे जाग जाना चाहिए।

बागान मालिक की जंगलवाली साफ की जा रही जमीन पर दिन के समय बिल्कुल भी सोना नहीं हो पाता था; पगार इतनी ज्यादा थी कि उसे खतरे में भी नहीं डाला जा सकता था। अत: दीसा वहाँ मोती गज की गरदन पर बैठ जाता और उसे हुक्म देता था, जब मोती गज ठूँठ उखाड़ता रहता था, क्योंकि उसके दो शानदार दाँत थे; या रस्सी के छोर पर जोर लगाता था, क्योंकि उसके दो शानदार कंधे थे। जबकि दीसा उसके कानों के पीछे पैर मारता और कहता था, ''तुम हाथियों के राजा हो!'' शाम के समय मोती गज अपना तीन सौ पौंड चारा चौथाई गैलन दारू के साथ गटक जाता था और दीसा एक हिस्सा लेकर मोती गज के पैरों के बीच गाते-गाते सो जाता था। दीसा हफ्ते में एक बार मोती गज को नदी पर ले जाता था और मोती गज वहाँ छिछले तट पर बड़े मजे में करवट से लेट जाता था; जबकि दीसा जूट के पुचारे और ईंट से रगड़-रगड़कर उसे नहलाता था। मोती गज ईंट की रगड़ और पुचारे के थपेड़े के फर्क को समझने में कभी गलती नहीं करता था, जो इस बात का इशारा होता था कि अब उसे उठकर दूसरी करवट लेटना है। फिर दीसा उसके पैरों को देखता और उसकी आँखों की जाँच करता तथा उसके कानों के सिरों को पलटकर देखता था कि उनमें कहीं कोई जख्म तो नहीं या आँखों में कोई परेशानी तो नहीं होने

वाली। जाँच हो जाने के बाद दोनों सागर से आनेवाला गीत छेड़ देते थे। मोती गज का बदन स्याह काला व चमकदार था और वह बारह फीट लंबी पेड़ की डाली को अपनी सूँड़ में लहराता था तथा दीसा अपने लंबे गीले बालों में गाँठ बाँध लेता था।

यह एक शांतिपूर्ण और अच्छी पगारवाली नौकरी थी। अब फिर दीसा को खूब पीने की हुड़क उठी। उसे मस्ती करने की इच्छा हुई। शराब के इन छोटे-छोटे घूँटों से कुछ भी नहीं होता था और ये तो उससे उसकी मर्दानगी छीन रहे थे।

वह बागान मालिक के पास गया और रोते-रोते उससे बोला, ''मेरी माँ मर गई है।''

''वह तो दो महीने पहले पिछली बागबानी में ही मर गई थी; और वह एक बार पहले भी मरी थी, जब तुम पिछले साल मेरे यहाँ काम कर रहे थे।'' बागान मालिक ने कहा। उसे देहाती लोगों के ऐसे तौर-तरीकों की थोड़ी जानकारी तो थी ही।

''तो फिर मेरी काकी मर गई है और वह मेरे लिए माँ जैसी ही थी।'' दीसा ने और भी जोर से रोते हुए कहा, ''वह अठारह छोटे-छोटे बच्चे छोड़ गई है, जिनके पास खाने को रोटी नहीं है और मुझे ही उनके छोटे-छोटे पेट भरने होंगे।'' दीसा ने फर्श पर अपना सिर पटकते हुए कहा।

''यह खबर कौन लाया?'' बागान मालिक ने पूछा।

''डाक...'' दीसा ने कहा।

''पिछले हफ्ते से यहाँ कोई डाक ही नहीं आई। वापस अपने डेरे पर जाओ।''

''मेरे गाँव में एक भयंकर बीमारी फैल गई है और मेरी सारी बीवियाँ मर रही हैं।'' दीसा चिल्लाया। इस बार उसकी आँखों में सचमुच आँसू थे।

''दीसा के गाँव के चिहुन को बुलाओ।'' बागान मालिक ने कहा, ''चिहुन, इस आदमी की कोई बीवी है?''

''इसकी...!'' चिहुन ने कहा, ''नहीं। हमारे गाँव की तो कोई औरत इसे देखने वाली भी नहीं। उससे पहले तो वे हाथी से शादी कर लेंगी।'' चिहुन ने गुस्से में कहा।

दीसा रोता और बिलखता रहा।

''तुम अभी किसी मुश्किल में पड़ जाओगे।'' बागान मालिक ने कहा, ''जाओ, जाकर अपना काम करो।''

''अब मैं भगवान् कसम सच कहूँगा।'' दीसा ने कहा, ''मैंने दो महीनों से पी नहीं है। मैं यहाँ से जाना चाहता हूँ, ताकि इस पाक बागान से दूर कहीं जाकर ढंग से पी सकूँ। इस तरह मैं आपके लिए कोई परेशानी खड़ी नहीं कर पाऊँगा।''

बागान मालिक के चेहरे पर एक मुसकान तैर गई।

''दीसा!'' उसने कहा, ''तुमने सच कहा है और अगर तुम अपनी गैर-हाजिरी के लिए मोती गज का कोई इंतजाम कर सको तो मैं तुम्हें अभी-के-अभी छुट्टी दे दूँगा। तुम जानते हो, वह तुम्हारे अलावा किसी का हुक्म नहीं मानेगा।''

''जुग-जुग जिएँ! मैं बस दस ही दिन के लिए गैर-हाजिर रहूँगा। उसके बाद मैं सच में लौट आऊँगा। जहाँ तक इस छुट्टी के समय का सवाल है, तो क्या हुजूर, मुझे मोती गज को बुलाने की इजाजत देंगे?''

इजाजत दे दी गई और दीसा की तेज व तीखी पुकार पर वह भव्य हाथी पेड़ों के झुरमुट की छाया से निकलकर झूमता हुआ बाहर आया, जहाँ वह अपने मालिक के आने के इंतजार में अपने बदन पर धूल का छिड़काव कर रहा था।

''मेरे दिल के चिराग, पियक्कड़ के बचावनहार, ताकत के पहाड़, मेरी तरफ कान दो!'' दीसा ने उसके सामने खड़े होकर कहा।

मोती गज ने उसकी तरफ कान दिया और अपनी सूँड़ से सलाम किया।

''मैं जा रहा हूँ!'' दीसा ने कहा।

मोती गज की आँखों में चमक आ गई। उसे सैर-सपाटे भी अच्छे लगते थे और अपना मालिक भी। उस दौरान सड़क किनारे से तमाम तरह की बढ़िया चीजें चखी जा सकती थीं।

''मगर तुमको यहीं रुककर काम करना होगा।''

मालिक का यह आदेश सुनकर मोती गज की आँखों की चमक मर गई।

उसे ठूँठ उखाड़ने से चिढ़ थी। इससे उसके दाँत दुख जाते थे।

''मैं दस दिन के लिए जा रहा हूँ, हे सुखदायक! अपना पासवाला अगला पैर ऊपर करो, ताकि मैं इस बात को उस पर जमा दूँ, सूखे गँदले पोखर के मस्सों से भरे टोड।'' दीसा ने तंबू का एक खूँटा लिया और मोती गज के नाखूनों पर दस बार मारा।

मोती गज कराहा और एक से दूसरे पैर पर मचलता रहा।

''दस दिन,'' दीसा ने कहा, ''तुम्हें काम करना होगा और पेड़ों को हटाना और उखाड़ना होगा, जैसा भी यहाँ यह चिहुन तुमसे करने को कहेगा। चिहुन को उठाकर अपनी गरदन पर बिठाओ।'' मोती गज ने अपनी सूँड़ के सिर को मोड़ा, चिहुन ने वहाँ अपना पैर रखा और मोती गज ने उसे उठाकर अपनी गरदन पर बिठा लिया। दीसा ने लोहे का भारी अंकुश चिहुन को थमा दिया।

चिहुन ने मोती गज के गंजे सिर को इस तरह थपथपाया जैसे कोई खड़ंजा तैयार करनेवाला पत्थर को थपथपाता है।

मोती गज ने एक चिंघाड़ मारी।

''शांत हो जाओ, जंगल के राजा। चिहुन दस दिन के लिए तुम्हारा महावत है। और अब मुझे विदा दो, मेरे जिगरी दोस्त! हे मेरे प्रभु, मेरे राजा! सभी हाथियों के रत्न, अपने झुंड के कमल! अपनी सेहत का खयाल रखना और हाँ, शराफत से रहना। विदा!''

मोती गज ने दीसा को अपनी सूँड़ में लपेटा और दो बार हवा में झुलाया। दीसा को विदाई देने का यह उसका अपना तरीका था।

''अब यह आपका काम करेगा।'' दीसा ने बागान मालिक से कहा, ''अब तो मुझे जाने की इजाजत है?''

बागान मालिक ने 'हाँ' में सिर हिला दिया और दीसा जंगल में घुस गया। मोती गज वापस ठूँठ उखाड़ने चला गया।

चिहुन उसके साथ बहुत दयालुता का बरताव करता था, मगर वह फिर भी दुखी और खोया-खोया-सा महसूस करता था। चिहुन उसे मसालेदार लड्डू देता तथा उसे गरदन के नीचे सहलाता था। चिहुन का नन्हा बच्चा काम खत्म होने पर उससे मीठी-मीठी बोली में बोलता था और चिहुन की बीवी उसे प्यार

से बुलाती थी; मगर मोती गज दीसा की तरह फितरत से कुँवारा ही था। वह घरेलू जज्बात को नहीं समझता था। वह तो अपनी दुनिया के चिराग को वापस अपने पास चाहता था—वही पीना और पीकर सोना, वहशी पिटाई और वहशी सहलाहटें।

फिर भी, उसने अच्छे ढंग से काम किया और बागान मालिक उसके काम से चकित होता रहा। दीसा सड़कों पर आवारागर्दी करता रहा, फिर उसे अपनी जाति की एक बारात मिल गई और पीते, नाचते व धुत होते उसे समय बीतने का ध्यान नहीं रहा।

ग्यारहवाँ दिन आ पहुँचा और दीसा नहीं आया। मोती गज की रस्सियाँ खोल दी गईं कि वह अपना रोज का काम करे। वह रस्सियों से आजाद हो गया। उसने इधर-उधर देखा, अपने कंधे सिकोड़े और वहाँ से इस तरह जाने लगा, मानो उसे कहीं और काम हो।

''हे! ओ! वापस आओ!'' चिहुन चिल्लाया, ''वापस आओ और मुझे अपने ऊपर बिठाओ, कुजन्मे पहाड़! वापस आओ, अरे पहाड़ी ढालों की शान! पूरे भारत की शान, चलो, नहीं तो मैं तुम्हारे मोटे अगले पैर के सारे नाखून बजा दूँगा।''

मोती गज ने हल्के से गड़गड़ाहट की आवाज निकाली, मगर उसने चिहुन का कहना नहीं माना। चिहुन एक रस्सी लेकर उसके पीछे दौड़ा और उसने उसे जा पकड़ा। मोती गज ने अपने कान आगे कर लिये, जिसका मतलब चिहुन को पता था; हालाँकि उसने ऊँचे स्वर में बोलते हुए उसे ले जाने की कोशिश की।

''मेरे साथ तुम्हारी कोई बेवकूफी नहीं चलेगी।'' उसने कहा, ''अपने ठिकाने पर चलो, शैतान की औलाद!''

''गर्ररऽऽऽ!'' मोती ने बस इतना कहा और उसने अपने कान आगे कर लिये।

मोती गज ने जेबों में हाथ डाले, एक डाल से अपने दाँत कुरेदे और जंगल के उस साफ हिस्से पर अभी-अभी काम पर लगे दूसरे हाथियों का मजाक उड़ाता हुआ टहलने लगा।

चिहुन ने बागान मालिक को इस बारे में बताया तो वह एक कोड़ा लेकर

बाहर आया और उसे गुस्से से फटकारने लगा। मोती गज ने अभिवादन में उस गोरे को उस साफ हिस्से पर चौथाई मील दौड़ा लिया और 'गर्रर्रऽऽऽ' के साथ उसे बरामदे में खदेड़ दिया। फिर वह मकान के बाहर खड़ा होकर मन-ही-मन हँसने लगा और एक हाथी की तरह ही मजा लेने में उसका पूरा शरीर हिलने लगा।

"हम इसकी धुनाई करेंगे।" बागान मालिक ने कहा, "इसकी ऐसी धुनाई होगी जैसी कभी किसी हाथी की नहीं हुई होगी। काला नाग और नाजिम को बारह फीट की एक-एक जंजीर दो और उनसे कहो कि इसे बीस बार मारें।"

काला नाग और नाजिम वहाँ के दो सबसे बड़े हाथी थे और उनका एक काम दूसरे हाथियों को भारी सजाएँ देना भी था; क्योंकि कोई भी इनसान किसी हाथी को ठीक से पीट नहीं सकता।

दोनों ने अपनी सूँड़ में उन जंजीरों को पकड़ा और उन्हें बजाते हुए मोती गज की ओर बढ़े। वे उसे अपने बीच में धकियाना चाहते थे। मोती गज ने अपनी उनतालीस साल की जिंदगी में कभी कोड़े नहीं खाए थे। वह नए-नए अनुभव नहीं करना चाहता था। इसलिए वह इंतजार करने लगा। अपने सिर को दाएँ-बाएँ झुलाता रहा और काला नाग की मोटी बगल से ठीक उस जगह की पैमाइश करता रहा, जहाँ एक भोथरा दाँत सबसे गहरा घुस सकता था। काला नाग के दाँत नहीं थे, जंजीर ही उसकी ताकत थी; मगर उसने सही अंदाजा लगाते हुए आखिरी मिनट में झूमकर मोती गज से बहुत दूर हो जाने का फैसला किया और ऐसा जताया कि वह जंजीर तो वह मनोरंजन के लिए लाया था। नाजिम पीछे घूमकर जल्दी अपने बाड़े में चला गया। उस सुबह वह खुद को लड़ने में असमर्थ पा रहा था और इस तरह मोती गज वहाँ अकेला खड़ा रह गया। अब उसके कान खड़े हो गए थे।

इससे बागान मालिक ने भी आगे कोई बहस न करने का फैस्ला कर लिया और मोती गज अपनी मस्त चाल में जंगल की उस साफ जगह का मुआयना करने चल दिया। जो हाथी काम न करे और जो बँधा न हो, उसे सँभालना उससे भी मुश्किल है, जितना समुद्री रास्ते पर खुली इक्यासी टन की तोप को सँभालना।

उसने अपने पुराने दोस्तों की पीठ थपथपाई और उनसे पूछा, ''क्या ठूँठ आसानी से उखड़ रहे थे?''

उसने मजदूरी और हाथियों के दोपहर के लंबे आराम के मूल अधिकारों के बारे में बेकार की बातें कीं और इधर-उधर घूमते हुए उसने बाग का मनोबल चूर कर दिया। यह सिलसिला सूरज डूबने तक चला और फिर वह खाने के लिए अपने ठिकाने पर लौट आया।

''अगर तुम काम नहीं करोगे तो खाओगे भी नहीं।'' चिहुन ने गुस्से में कहा, ''तुम एक जंगली हाथी हो, कोई सिखाए-पढ़ाए जानवर नहीं। अपने जंगल में वापस चले जाओ।''

झोंपड़ी के फर्श पर लोटते चिहुन के नन्हे साँवले बच्चे ने दरवाजे के रास्ते में खड़े विशाल साये की ओर अपनी मोटी बाँहें फैलाईं। मोती गज को अच्छी तरह से पता था कि चिहुन के लिए यह दुनिया की सबसे प्यारी चीज थी। उसने अपनी सूँड़ के सिरे का एक मोहक फंदा बनाया। वह साँवला बच्चा चिल्लाता हुआ इस पर आ गिरा। मोती गज ने फुरती करते हुए उसे खींचा और उसे अपने बाप के सिर के बारह फीट ऊपर लहरा दिया।

''महा सरदार!'' चिहुन ने कहा, ''सबसे बढ़िया आटे की दो फीट बड़ी बारह रोटियाँ रम में भिगोई हुईं अभी-अभी तुम्हारे लिए हाजिर होंगी और उसके साथ ताजे कटे दो सौ पौंड गन्ने भी। बस, उस नादान छोकरे को सही-सलामत नीचे उतार दो, वह मेरे लिये मेरा दिल और मेरी जिंदगी भी है।''

मोती गज ने उस साँवले बच्चे को अपने आगे के पैरों के बीच में आराम से सँभाल लिया, जो कि चिहुन की पूरी झोंपड़ी को तहस-नहस कर सकता था। वह अपने खाने का इंतजार करने लगा। उसने खाना खाया और वह साँवला बच्चा रेंगता हुआ वहाँ से चला गया। मोती गज ऊँघने लगा और दीसा के बारे में सोचने लगा। हाथी के साथ जुड़े अनेक रहस्यों में एक यह भी है कि उसकी विशाल काया को और किसी भी प्राणी से कम नींद चाहिए होती है। रात में चार या पाँच घंटे काफी होते हैं—दो आधी रात से ठीक पहले, एक करवट पर लेटे हुए; दो घंटे एक बजे के ठीक बाद में, दूसरी करवट पर लेटे हुए। बाकी के खामोश घंटे खाने, चुलबुलाने और काफी देर तक अपने आप में

बुड़बुड़ाने से भरे होते हैं।

इसलिए, आधी रात को मोती गज अपने ठिकाने से निकल आया, क्योंकि उसके मन में यह विचार आया था कि शायद दीसा अँधेरे जंगल में कहीं पड़ा होगा और वहाँ उसकी देखभाल करनेवाला कोई नहीं होगा। इसलिए उस पूरी रात वह झाड़ियों में चीखता-चिंघाड़ता और अपने कान फड़फड़ाता घूमता रहा। वहीं स्थित नदी पर भी गया और उस छिछली जगह में जाकर चिल्लाया, जहाँ दीसा उसे नहलाया करता था; मगर उसे कोई जवाब नहीं मिला। उसे दीसा नहीं मिल पाया, मगर उसने ठिकाने के सारे हाथियों को परेशान जरूर कर दिया और जंगल में मौजूद कुछ खानाबदोशों को मौत की हद तक डरा दिया।

तड़के ही दीसा बागान में लौट आया। वह सचमुच बहुत पिए हुए था। वह अपेक्षा कर रहा था कि छुट्टी की सीमा से ज्यादा रुक जाने के लिए वह परेशानी में पड़ जाएगा। जब उसने देखा कि बँगला और बागान को अभी भी कोई नुकसान नहीं पहुँचा है तो उसने एक लंबी साँस ली; क्योंकि उसे मोती गज के तेवरों की कुछ तो जानकारी थी। उसने कितने ही झूठे बहाने बनाकर और सलाम ठोकते हुए साथ अपने आने की इत्तिला दी। मोती गज अपने ठिकाने पर नाश्ते के लिए गया हुआ था। उसकी रात की कवायद से उसे भूख लग आई थी।

''अपने जानवर को बुलाओ!'' बागान मालिक ने कहा।

दीसा हाथियों की उस रहस्यमयी भाषा में चिल्लाया, जिसके बारे में कुछ महावतों का मानना है कि वह दुनिया के जन्म के समय चीन से आई थी, जब इनसान नहीं, हाथी मालिक थे। मोती गज उस आवाज को सुनकर वहाँ पहुँच गया। हाथी चौकड़ी नहीं भरते। वे अलग-अलग रफ्तार से अपने स्थानों से चलते हैं। अगर कभी हाथी कोई एक्सप्रेस ट्रेन पकड़ना चाहे, तो वह चौकड़ी नहीं भर सकता, मगर वह ट्रेन पकड़ सकता है। इस तरह इससे पहले कि चिहुन गौर कर पाता कि मोती गज अपने ठिकाने से चल पड़ा, मोती गज बागान मालिक के दरवाजे पर था। वह खुशी से चिंघाड़ते हुए दीसा की बाँहों में आ गया। इनसान और जानवर एक-दूसरे पर रोने-दुलारने लगे तथा एक-

दूसरे को सिर से पाँवों तक देखने लगे कि कहीं कोई चोट तो नहीं लगी।

"अब हम काम पर लगेंगे," दीसा ने कहा, "मुझे उठाओ, मेरे बेटे और मेरे आनंद!"

मोती गज ने उसे उठा लिया और दोनों ठूँठों की तलाश में कॉफी बागान की साफ की जा रही जमीन पर चले गए।

बागान मालिक इतना ज्यादा चकित था कि वह चाहते हुए भी बहुत गुस्सा नहीं हो पाया।

□

2

भविष्यवाणी

नहीं यद्यपि तुम मरो इस रात, प्रिय और करो विलाप,
एक प्रेतात्मा मेरे द्वार
मर्त्य भय करेगा अमर प्रेम को नाकाम—
मैं करूँगा और तुमको प्यार,
जो मृत्यु के घर से पलटकर, देते हो फिर भी मुझे
मेरी अतुल्य व्याधि में एक क्षण का आराम।

—शैडो हाउसेज

इस किस्से को वे लोग समझा सकते हैं, जो जानते हैं कि आत्माएँ कैसे बनती हैं और संभव की सीमाएँ कहाँ टूट जाती हैं। मैं इस भारत देश में इतने दिन रह लिया हूँ कि मुझे पता है कि कुछ भी नहीं पता होना सबसे अच्छा रहता है। और मैं इस कहानी को ठीक वैसी ही लिख सकता हूँ जैसी यह घटित हुई थी।

मेरीडकी में हमारा जो सिविल सर्जन था, उसका नाम था डुमॉइस और हम उसे 'डॉरमाउस' (यानी सोतू चूहा) कहते थे; क्योंकि वह एक गोल-

मटोल, छोटा, सोतू आदमी था। वह एक अच्छा डॉक्टर था और कभी किसी से नहीं झगड़ता था, हमारे डिप्टी कमिश्नर से भी नहीं, जो एक माँझी जैसा बरताव और एक घोड़े जैसी चालबाजी करता था। उसने अपने जैसी ही गोल-मटोल और सोती-सी दिखनेवाली एक लड़की से शादी की थी। वह एक मिस हिलरडाइस थी, बरार्स के स्क्वाश हिलरडाइस की बेटी, जिसने गलती से अपने चीफ की बेटी से शादी कर ली थी। मगर वह एक अलग कहानी है।

भारत में हनीमून कभी एक हफ्ते से ज्यादा का नहीं होता; मगर कोई जोड़ा अगर इसे दो या तीन हफ्ते तक खींचना चाहे तो उसमें कोई रुकावट भी नहीं है। भारत उन शादीशुदा लोगों के लिए आनंद का देश है, जो एक-दूसरे में लिपटे रहते हैं। वे बिल्कुल अकेले और बिना किसी रुकावट के रह सकते हैं—जैसा कि 'डॉरमाइस' (डॉरमाउस दंपती) ने किया। वे दोनों छोटू-मोटू अपनी शादी के बाद दुनिया से अलग हो गए और बहुत खुशी-खुशी रहने लगे। हाँ, इस बात के लिए जरूर बाध्य किए गए कि दावत दें। मगर, इससे उन्होंने कोई दोस्त नहीं बनाए और स्टेशन अपने ही तरीके से चलता रहा और उन्हें भूल गया। कभी-कभार वहाँ के लोग बस, यह कहते थे कि डॉरमाउस अच्छे लोगों में सबसे अच्छा है; मगर कुंद है। कभी नहीं झगड़नेवाला सिविल सर्जन मिलना बेहद मुश्किल होता है, इसलिए उसकी तारीफ होती है।

बहुत कम लोग हैं, जो रॉबिन्सन क्रूसो का किरदार कहीं भी निभा सकते हैं—भारत में तो बिल्कुल भी नहीं, जहाँ हम बहुत कम हैं और एक-दूसरे के रसूख पर बहुत ज्यादा निर्भर हैं। डुमॉइस ने अपने आपको इस एक साल के लिए दुनिया से अलग करके गलती की थी और अपनी गलती का पता उसे तब चला, जब ठंड के मौसम के बीच स्टेशन पर टायफाइड की महामारी फैली और उसकी पत्नी उसकी चपेट में आ गई। वह एक शरमीला व्यक्ति था और उसने यह समझने में पाँच दिन गँवा दिए कि मिसेज डुमॉइस जिस बुखार में तप रही थीं, वह महज मामूली बुखार नहीं था। उसे तीन और दिन इस बात में लग गए कि वह इंजीनियर की पत्नी मिसेज शूट के पास जाने की हिम्मत जुटाता और सहमा-सहमा-सा अपनी परेशानी बताता। भारत में करीब-करीब हर घर यह जानता है कि टायफाइड के मामले में डॉक्टर बहुत बेबस होते हैं। इस

लड़ाई को मौत और नर्सों के बीच मिनट-दर-मिनट और डिग्री-दर-डिग्री ही लड़ना होता है। मिसेज शूट ने इसे डुमॉइस की आपराधिक देरी बताते हुए जैसे उसकी कनपटी पर घूँसा जड़ दिया। और वह फौरन ही बेचारी लड़की की तीमारदारी के लिए चल पड़ी।

उस सर्दी हमारे स्टेशन में टायफाइड के सात मामले हुए और मौत का औसत चूँकि हर पाँच मामलों में करीब एक है, तो हमें पक्का लग रहा था कि हमें उनमें से किसी को खोना होगा। मगर सभी बहुत अच्छी स्थिति में रहे। औरतें बैठकर औरतों की तीमारदारी करती रहीं और पुरुषों ने उन बेचलरों की देखभाल की, जो टायफाइड की चपेट में आ गए थे। और हम टायफाइड के उन मामलों से 56 दिनों तक जूझते रहे तथा उन्हें छाया की घाटी से जित कर ले आए। मगर, जब हम यह सोच ही रहे थे कि सबकुछ ठीक-ठाक निकल गया और इस जीत का जश्न मनाने के लिए नृत्य का आयोजन करने जा ही रहे थे कि मिसेज डुमॉइस वापस बीमार हो गईं और एक हफ्ते में ही मर गईं। स्टेशन उसके जनाजे में गया। डुमॉइस तो कब्र के किनारे बेहाल हो गया और उसे वहाँ से ले जाना पड़ा।

मौत के बाद डुमॉइस अपने घर में कैदी-सा होकर रह गया और उसे दिलासा देने की किसी भी कोशिश को उसने कामयाब नहीं होने दिया। वह अपने काम को बिल्कुल ठीक से करता रहा; मगर हम सबको लग रहा था कि उसे छुट्टी पर चले जाना चाहिए और उसकी अपनी सर्विस के दूसरे लोगों ने उससे यह कह भी दिया। डुमॉइस ने इस सुझाव के लिए बहुत आभार माना। उन दिनों वह किसी भी बात के लिए आभार माना करता था—और पैदल सैर के लिए चीनी चला गया। चीनी की दूरी शिमला से कोई बीस पड़ाव है। यह पहाड़ियों के बीच में है और अगर आप परेशानी में हों तो यहाँ का नजारा अच्छा है। आप बड़े शांत देवदार वनों से होकर, बड़ी शांत चट्टानों के नीचे से और किसी औरत की छातियों जैसे फूल बड़े, शांत, घास के टीलों के ऊपर से गुजरते हैं और घास के पार हवा व देवदारों के बीच बारिश कहती है—'चुप-चुप-चुप।' इसलिए छोटू डुमॉइस को चीनी रवाना कर दिया गया कि अपने पूरी प्लेटवाले कैमरा और राइफल से अपने दुःख को हल्का करे। उसने अपने

साथ एक बेकार बेयरा भी ले लिया, क्योंकि वह आदमी उसकी पत्नी का प्यारा नौकर हुआ करता था। वह सुस्त और चोर था; मगर डुमॉइस ने अपना सबकुछ उसके भरोसे छोड़ दिया।

चीनी से लौटते हुए माउंट हट्टू के रिज पर स्थित फॉरेस्ट रिजर्व से होते हुए डुमॉइस बागी की ओर मुड़ गया। जो कुछ लोग थोड़े से ज्यादा घूमे हैं, उनका कहना है कि कोटगढ़ से बागी तक का पड़ाव बहुत अच्छा है। यह अँधेरे गीले वन से होकर जाता है और अचानक ही बीहड़, कटी-फटी पहाड़ी ढाल और काली चट्टानों में खत्म हो जाता है। बागी का डाक बँगला तमाम हवाओं के लिए खुला है और बेहद ठंडा है। बहुत कम ही लोग बागी जाते हैं। शायद यही वजह थी कि डुमॉइस वहाँ गया। वह शाम 7 बजे वहाँ रुका और उसका बेयरा पहाड़ी से नीचे गाँव में चला गया, ताकि अगले पड़ाव के लिए कुली का इंतजाम करे। सूरज डूब चुका था और रात की हवाएँ चट्टानों के बीच गुनगुनाने लगी थीं। डुमॉइस बरामदे में जँगले पर टिककर अपने बेयरे के लौटने का इंतजार करने लगा। बेयरा वहाँ से निकलने के लगभग तुरंत बाद ही वापस आ गया और ऐसी फुरती से कि डुमॉइस को लगा, जरूर उसका सामना भालू से हो गया होगा। वह पहाड़ी पर पूरे दम से दौड़ रहा था।

मगर उसकी दहशत की वजह बनने के लिए वहाँ कोई भालू नहीं था। वह बरामदे तक दौड़ता हुआ आया और गिर गया। उसकी नाक से खून बह रहा था। उसका चेहरा स्याह-सलेटी हो रहा था। फिर वह सहमी सी आवाज में बोला, ''मैंने मेम साहब को देखा, मैंने मेम साहब को देखा!''

''कहाँ?'' डुमॉइस ने पूछा।

''वहाँ, गाँववाली सड़क पर टहलते हुए। वह एक नीली पोशाक पहने थीं और उन्होंने अपने सिर का परदा उठाकर कहा—रामदास, साहब को मेरा सलाम देना और उनसे कहना कि मैं उन्हें अगले महीने नदिया में मिलूँगी। फिर मैं भाग आया, क्योंकि मैं डर गया था।''

डुमॉइस ने क्या कहा या क्या किया, मुझे नहीं पता। रामदास बताता है कि उन्होंने कुछ नहीं कहा, बस ठंड में पूरी रात चहलकदमी करते रहे, इंतजार करते रहे कि मेम साहब पहाड़ी पर आएँ और किसी पागल की तरह अँधेरे में

अपने हाथ फैलाए रहें। मगर कोई मेम साहब नहीं आईं और अगले दिन वह शिमला की ओर बढ़ गए और हर घंटे बेयरा से सवाल–जवाब करते रहे।

राम दास बस यही कह पाया कि मिसेज डुमॉइस उसे मिली थीं। उन्होंने अपना परदा उठाया था और यह संदेश दिया था, जो वह पूरी वफादारी से डुमॉइस के सामने दोहरा चुका था। इस बयान पर रामदास टिका रहा। उसे नहीं पता था कि नदिया कहाँ है। नदिया में उसका कोई दोस्त नहीं था और बहुत संभव था कि वह कभी नदिया नहीं जाएगा, भले ही उसका वेतन दोगुना कर दिया जाए।

नदिया तो बंगाल में है और पंजाब में काम कर रहे किसी डॉक्टर से उसका कोई सरोकार ही नहीं बनता। यह मेरीडकी के दक्षिण में 1,200 मील से अधिक दूरी पर तो है ही।

डुमॉइस बिना रुके शिमला होते हुए मेरीडकी वापस आया, जहाँ उसे अपनी एब्जी कर रहे डॉक्टर से अपना चार्ज लेना था। डिस्पेंसरी का कुछ हिसाब–किताब करना था और सर्जन जनरल के कुछ हालिया आदेशों को लिखना था और कुल मिलाकर इस काम में पूरा एक दिन लग जाना था। शाम को डुमॉइस ने अपने एब्जी और अपने कुँआरे के पुराने दोस्त को बताया कि बागी में क्या हुआ था। और उस एब्जी ने कहा कि रामदास को अगर यही करना था तो उसे तूतीकोरिन चुनना चाहिए था।

तभी एक डाकिया शिमला से आया। एक तार लेकर हाजिर हुआ, जिसमें डुमॉइस के लिए यह आदेश था कि वह मेरीडकी में चार्ज नहीं ले, बल्कि फौरन स्पेशल ड्यूटी पर नदिया चला जाए। नदिया में बहुत बुरा हैजा फैल गया था और बंगाल सरकार के पास चूँकि हमेशा की तरह स्टाफ की कमी थी, इसलिए पंजाब से उसने एक सर्जन कुछ समय के लिए माँगा था।

डुमॉइस ने तार मेज पर फेंक दिया और कहा, "अब?"

दूसरे डॉक्टर ने कुछ नहीं कहा।

तब उसे याद आया कि बागी से लौटते समय डुमॉइस शिमला से होकर गुजरा था और इस तरह शायद उसने आनेवाले तबादले के बारे में पहली खबर सुनी होगी।

उसने उस सवाल को और उसमें छिपे संदेश को शब्दों में ढालने की कोशिश की, मगर डुमॉइस ने उसे यह कहकर रोक दिया कि—''अगर मैंने यह चाहा होता तो मैं चीनी से कभी लौटता ही नहीं। मैं वहाँ शूट कर रहा था। मैं जीना चाहता हूँ, क्योंकि मुझे काफी कुछ करना है···मगर मुझे अफसोस नहीं होगा।''

दूसरे डॉक्टर ने अपना सिर झुका लिया और उस धुँधलके में डुमॉइस के अभी-अभी खुले संदूकों की पैकिंग में मदद करने लगा। रामदास लैंप लेकर दाखिल हुआ।

''साहब, कहाँ जा रहे हैं?'' उसने पूछा।

''नदिया।'' डुमॉइस ने धीमे से कहा।

रामदास ने डुमॉइस के घुटने और जूते पकड़ लिये और उससे नहीं जाने की विनती करने लगा। रामदास रोता और बिलखता रहा। फिर उसे कमरे से बाहर कर दिया गया। फिर उसने अपना सारा सामान लपेटा और चरित्र (प्रमाण-पत्र) माँगने वापस आया। वह अपने साहब को मरते देखने और शायद खुद मरने के लिए नदिया नहीं जा रहा था।

इस तरह डुमॉइस ने उसे उसका वेतन पकड़ाया और अकेला ही नदिया चला गया। दूसरे डॉक्टर ने उसे इस तरह विदाई दी जैसे उसे मौत की सजा सुनाई गई हो।

ग्यारह दिन बाद वह अपनी मेम साहब के पास पहुँच गया और बंगाल सरकार को नदिया में फैली उस महामारी से निपटने के लिए एक नया डॉक्टर माँगना पड़ा। पहले जो डॉक्टर माँगा गया था, वह छुआडांगा डाक बँगले में मृत पड़ा था।

□

३

चौहद्दी के पार

प्यार न देखे जात-कुजात, नींद न देखे टूटी खाट।
प्यार खोजने मैं चला, मैं खुद ही खो गया।
—एक भारतीय कहावत

जो भी हो जाए, व्यक्ति को अपनी ही जाति, नस्ल और कुटुंब के साथ रहना चाहिए। जो गोरा है वह गोरे की तरफ जाए और जो काला है वह काले की तरफ। फिर, अगर कोई मुसीबत आ पड़ती है तो वह स्वाभाविक होती है—अचानक, अनजानी या अप्रत्याशित नहीं होती।

यह कहानी एक ऐसे आदमी की है, जिसने जानबूझकर रोजमर्रा के शालीन समाज की सुरक्षित हदों को पार किया और उसकी भारी कीमत चुकाई।

पहले तो उसने बहुत ज्यादा देख लिया और फिर बहुत ज्यादा जान लिया। उसने यहाँ की जिंदगी में बहुत ज्यादा दिलचस्पी ली; मगर अब वह ऐसा कभी नहीं करेगा।

शहर के बीच में, जीठा मेगजी की बस्ती के पीछे अमीरनाथ की गली है, जो एक दीवार में जाकर खत्म होती है और उस दीवार में एक जालीदार

खिड़की है। गली के सिरे पर एक बड़ी गोशाला है और गली के दोनों ओर की दीवारों में कोई खिड़की नहीं है। न तो सुचेत सिंह को और न ही गौरचंद को यह पसंद है कि उनके घरों की औरतें दुनिया को देखें। अगर दुर्गाचरण की राय भी उनकी जैसी होती तो आज वह सुखी इनसान होता और नन्ही बिसेसा अपनी रोटी के लिए खुद आटा गूँध पाती। उसके कमरे में ही वह जालीदार खिड़की थी, जहाँ से वह सँकरी अँधेरी गली दिखती थी, जहाँ धूप कभी नहीं आती थी और जहाँ भैंसें नीली कीचड़ में लोट लगाती थीं। वह करीब पंद्रह साल की एक विधवा थी और रात-दिन भगवान् से प्रार्थना करती थी कि वह उसे एक प्रेमी दें, क्योंकि अकेली रहना उसे पसंद नहीं था।

एक दिन वह आदमी—जिसका नाम त्रिजागो था—यूँ ही घूमता हुआ अमीरनाथ की गली में आ पहुँचा और भैंसों के पास से निकलकर चारे के भूसे के एक बड़े ढेर से टकरा गया।

तब उसने देखा कि गली के छोर पर एक फंदा लगा था और उस जालीदार खिड़की के पीछे से हँसी की धीमी-सी आवाज सुनाई दी। वह एक प्यारी-सी धीमी-सी हँसी थी। त्रिजागो को चूँकि पता था कि ऐसे मौकों के लिए *'अरेबियन नाइट्स'* अच्छा रास्ता सुझानेवाली होती हैं, इसलिए उसने आगे खिड़की के पास जाकर हरदयाल के प्रेम-गीत का वह छंद धीमे से कह सुनाया, जिसकी शुरुआत इस तरह होती है—

'क्या कोई आदमी नंगे सूरज के आगे तनकर खड़ा हो सकता है
या कोई प्रेमी अपनी प्रेमिका के सामने?
अगर मेरे पाँव जवाब दे जाते हैं, हे मेरी जाने-जाँ, तो क्या यह
मेरा कसूर है, मुझे तो तुम्हारी सुंदरता ने अंधा कर दिया है?'

जाली के पीछे से एक औरत की चूड़ियों की हल्की-सी खनखनाहट सुनाई दी और एक धीमी आवाज ने गीत के पाँचवें छंद को आगे बढ़ाया—

हाय, हाय! क्या चाँद अपने प्यार के बारे में कमल को बता सकता है,
जब स्वर्ग का द्वार बंद होता है और बादल जमा होते हैं बारिश के लिए?
उन्होंने मेरी प्रियतमा को पकड़ लिया है और उसे लद्दू घोड़ों के

साथ उत्तर की ओर ले गए हैं।

उन पैरों में जंजीरें हैं, जो मेरे दिल पर जमे थे।

तीरंदाज को कहो कि वह तैयार हो जाए।

आवाज अचानक बंद हो गई और त्रिजागो अमीरनाथ की गली से यह सोचता हुआ बाहर आ गया कि किसने हरदयाल के प्रेम गीत को इतनी सफाई से गाया था।

अगली सुबह जब वह दफ्तर जा रहा था तो एक बूढ़ी औरत ने उसकी घोड़ा गाड़ी में एक पैकेट फेंका। उस पैकेट में एक अधटूटी चूड़ी, एक सिंदूरी लाल ढाक का फूल, एक चुटकी चारेवाला भूसा और ग्यारह इलायचियाँ थीं। वह पैकेट एक पत्र था—कोई फूहड़, परेशानी में डालनेवाला पत्र नहीं, बल्कि एक मासूम व अबूझ प्रेमी का पत्र था वह।

त्रिजागो को इन चीजों के बारे में काफी कुछ पता था, यह मैं पहले ही बता चुका हूँ। कोई अंग्रेज चीजों के जरिए भेजे गए संदेश को नहीं पढ़ सकता। मगर त्रिजागो ने वे सारी मामूली चीजें अपने दफ्तर की पेटी के ढक्कन पर फैला लीं और लगा उनकी पहेली बूझने।

टूटी काँच की चूड़ी पूरे भारत में एक हिंदू विधवा का प्रतीक होती है, क्योंकि जब किसी औरत का पति मरता है तो उसकी चूड़ियाँ उसकी कलाइयों में ही तोड़ दी जाती हैं। त्रिजागो ने काँच के उस छोटे से टुकड़े का मतलब समझ लिया। ढाक के फूल का मतलब उसके साथ की चीजों के हिसाब से अलग-अलग होता है; जैसे चाहत, आओ, लिखो या खतरा। एक इलायची का मतलब होता है 'ईर्ष्या'। अगर चीजों के जरिए लिखे गए खत में कोई चीज दो बार रखी जाती है तो फिर उसका सांकेतिक अर्थ नहीं रह जाता और उससे बस वक्त का इशारा होता है; मगर उसके साथ अगरबत्ती, दही या जाफरान भी हो तो वह जगह का पता देता है। इस तरह यह संदेश था—'एक विधवा, ढाक का फूल और भूसा—ग्यारह बजे।' चुटकी भर भूसे ने त्रिजागो को ज्ञान दे दिया। उसने समझ लिया कि इस तरह के खत में बहुत कुछ आपके कुदरती इल्म पर निर्भर होता है और वह समझ गया कि भूसा से मतलब उस चारे के भूसे के

बड़े ढेर से था, जिस पर वह अमीरनाथ की गली में गिरा था और यह भी कि यह संदेश जाली के पीछे से ही आया होगा। वह एक विधवा थी। इस तरह यह संदेश था—'एक विधवा उस गली में, जिसमें भूसे का ढेर है, चाहती है कि तुम ग्यारह बजे आओ।'

त्रिजागो ने उन सारी फालतू चीजों को आतिशदान में फेंक दिया और हँसने लगा। वह जानता था कि पूरब में आदमी लोग दिन में ग्यारह बजे खिड़कियों के नीचे प्यार नहीं करते और न ही औरतें एक हफ्ते पहले मुलाकात का समय तय करती हैं। इसलिए वह उसी रात ग्यारह बजे मर्दों और औरतों को ढकनेवाला बुर्का पहनकर अमीरनाथ की गली में पहुँच गया। सिटी का घंटा बजते ही जाली के पीछे से उस महीन आवाज ने हरदयाल के प्रेमगीत को उस छंद से गाना शुरू किया, जहाँ वह लड़की हरदयाल से लौटने की गुजारिश करती है। अपनी मूल बोली में यह गीत सचमुच प्यारा है। यहाँ उसका असर कम हो जाता है। वह कुछ इस तरह है—

''अकेले घर की छत पर, उत्तर की ओर
मैं मुड़ती हूँ और आसमान में बिजली को देखती हूँ—
तेरे कदमों की चकाचौंध उत्तर में,
लौट आओ मेरे पास दिलवर, नहीं तो मैं मर जाऊँगी।
मेरे पाँवों के नीचे खामोश बाजार पड़ा है
दूर, दूर नीचे थके ऊँट लेटे हैं—
ऊँट और बंदी तेरे धावे के।
लौट आओ मेरे पास दिलवर, नहीं तो मैं मर जाऊँगी।
मेरे बाप की बीवी बूढ़ी और कठोर है,
और अपने बाप के पूरे घर की नौकरानी हूँ मैं।
मेरी रोटी है दु:ख और मेरा पीना है आँसू,
लौट आओ मेरे पास दिलवर, नहीं तो मैं मर जाऊँगी।''

गाना रुका तो त्रिजागो ने जाली के नीचे पहुँचकर धीमे से कहा, ''मैं आ गया हूँ।''

बिसेसा देखने में अच्छी थी।

उस रात कई अजीब बातों की और एक ऐसी बहशी दोहरी जिंदगी की शुरुआत हुई, जिसके बारे में सोचकर आज कभी-कभी त्रिजागो को हैरानी होती है कि कहीं यह सब एक सपना तो नहीं था। बिसेसा ने वह खत उसकी गाड़ी में फेंकनेवाली उस बूढ़ी नौकरानी ने उस भारी जाली की दीवार से निकाल दिया था और इस तरह वह खिड़की अंदर की तरफ सरक जाती थी और एक चौकोर जगह बन जाती थी, जिसमें कोई भी फुरतीला आदमी घुस सकता था।

दिन के समय त्रिजागो अपने दफ्तर के काम से निकलता था या अपने खास कपड़े पहन स्टेशन की महिलाओं से मिलने पहुँचता था और यह सोचकर हैरान होता था कि अगर उन्हें बेचारी नन्ही बिसेसा के बारे में पता चला तो फिर वे उसे कितने दिन जानेंगी। रात में जब सारा शहर खामोश हो जाता तो वह बदबूदार बुर्का ओढ़ निकल पड़ता, जीठा मेगजी की बस्ती में गश्त लगाता, सोते मवेशियों एवं बेजान दीवारों के बीच जल्दी से अमीरनाथ की गली में मुड़ जाता और फिर सबसे आखिर में होती थी बिसेसा तथा उस बूढ़ी औरत की गहरी व बराबर साँसें, जो उस खाली छोटे से कमरे के दरवाजे के बाहर सोती थी, जो दुर्गाचरण ने अपनी भानजी को दे रखा था। दुर्गाचरण कौन था या क्या था, यह त्रिजागो ने कभी नहीं पूछा। उसे कभी पकड़ा क्यों नहीं गया और चाकू क्यों नहीं मार दिया गया, यह बात भी उसके दिमाग में तब जाकर आई, जब उसका पागलपन उतर गया और बिसेसा··· । मगर यह बाद की बात है।

बिसेसा ने त्रिजागो को कभी न खत्म होनेवाली खुशी दी। वह एक चिड़िया की तरह मासूम थी। और बाहर से उसके कमरे में उस तक पहुँचनेवाली अफवाहों को वह जैसे तोड़-मरोड़कर पेश करती थी। त्रिजागो को उसमें करीब-करीब उतना ही मजा आता था जितना उस समय जब वह उसका नाम 'क्रिस्टोफर' बोलने की तुतलाहट भरी कोशिश करती थी। पहला अक्षर बोलना उस पर हमेशा ही भारी पड़ता था और वह अपने गुलाब की पँखुड़ियों जैसे हाथों से ऐसे मजेदार इशारे करती थी, जैसे कोई नाम दूर फेंक रहा हो। और फिर, घुटनों के बल त्रिजागो के सामने बैठ ठीक किसी अंग्रेजन की तरह उससे पूछती थी कि क्या वह सचमुच उसे प्यार करता है। त्रिजागो कसम खाकर कहता था कि

वह उसे दुनिया में सबसे ज्यादा प्यार करता है। और यह सच था।

इस बेवकूफी के एक महीने बाद त्रिजागो को अपनी दूसरी जिंदगी के जरूरी कामों से अपनी जान-पहचान की एक महिला पर खास ध्यान देना पड़ा। आप इसे सच मान सकते हैं कि इस तरह की किसी भी बात पर व्यक्ति की अपनी नस्ल के लोग ही गौर नहीं करते, बल्कि लगभग डेढ़ सौ देसी बाशिंदे भी ऐसा ही करते हैं। त्रिजागो को उस महिला के साथ बैंड स्टैंड पर जाना और बोलना पड़ता था और एक-दो बार उसके साथ सवारी भी करनी पड़ती थी। पहले उसने कभी सपने में भी नहीं सोचा था कि इससे उसकी उस ज्यादा प्यारी और लीक से अलग जिंदगी पर असर पड़ेगा। मगर यह खबर हमेशा की तरह न जाने कैसे लोगों के मुँह से उड़ती-उड़ती बिसेसा की संरक्षिका के कानों तक जा पहुँची और उसने बिसेसा को बता दिया। वह बच्ची इतनी परेशान हो गई कि उसने घर का काम भी बुरे तरीके से किया और इसके लिए उसे दुर्गाचरण की बीवी से मार भी खानी पड़ी।

एक हफ्ते बाद बिसेसा ने त्रिजागो को इस बारे में बताया। वह कोई ऊँच-नीच नहीं समझती थी और उसे जो कहना था, उसने खुलकर कहा। त्रिजागो इस पर हँस दिया तो बिसेसा अपने नन्हे-नन्हे पाँव पटकने लगी—नन्हे-नन्हे पाँव, जो गेंदा के फूलों से हल्के थे और किसी पुरुष की एक हथेली में समा सकते थे।

पूरब के लोगों के मनमौजीपन और जुनून के बारे में जो लिखा जाता है, उसमें अधिकतर बढ़ा-चढ़ाकर और सुनी-सुनाई बातों पर आधारित होता है; मगर इसमें कुछ तो सच होता है। और जब किसी अंग्रेज को यह कुछ मिल जाता है तो वह उसकी अपनी ठीक-ठाक जिंदगी के किसी जुनून जितना ही चौंकानेवाला होता है। बिसेसा ने खूब गुस्सा दिखाया, तूफान खड़ा किया और आखिरकार उसने यह धमकी दे डाली कि अगर त्रिजागो ने उस विदेशी मेम साहब को तुरंत छोड़ नहीं दिया, जो उनके बीच आ गई थी, तो वह अपनी जान दे देगी। त्रिजागो ने उसे समझाने की और यह जताने की कोशिश की कि वह पश्चिमी नजरिए से इन बातों को नहीं समझती।

बिसेसा ने अपने आपको सँभाला और बस इतना कहा, ''हाँ, मैं नहीं

समझती। मैं तो बस यह जानती हूँ कि यह अच्छा नहीं हुआ कि मैंने तुम्हें अपने दिल से भी ज्यादा प्यारा बना लिया, साहब। तुम ठहरे अंग्रेज। मैं तो बस एक काली लड़की हूँ।'' जबकि वह टकसाली सोने से भी साफ रंग की थी—''और एक काले आदमी की विधवा हूँ।''

फिर वह सिसकने लगी और बोली, ''मगर मेरी जान और मेरी माँ की जान कसम, मैं तुम्हें प्यार करती हूँ। मुझे चाहे जो हो जाए, तुम्हारा बाल भी बाँका नहीं होगा।''

त्रिजागो ने उस बच्ची को दलीलें दीं और उसे तसल्ली देने की कोशिश की; मगर वह कुछ ज्यादा ही और बेवजह परेशान दिख रही थी। उसे इसके अलावा और किसी बात से इत्मीनान नहीं हो रहा था कि उनके बीच सारे रिश्ते खत्म हो जाने चाहिए। उसे फौरन जाना होगा और वह चला गया। जब वह खिड़की से बाहर कूद रहा था तो बिसेसा ने उसके माथे पर दो बार चूमा। त्रिजागो हैरत में पड़ गया और घर की तरफ चल दिया।

पहले एक हफ्ता और फिर तीन हफ्ते का समय बीत गया और बिसेसा की तरफ से काई इशारा नहीं मिला। त्रिजागो यह सोचते हुए कि अनबन हुए काफी दिन हो गए, उन तीन हफ्तों में पाँचवीं बार अमीरनाथ की गली में पहुँचा। उसे उम्मीद थी कि उस सरकनेवाली जाली की सिल पर ठकठकाने से उसे जवाब मिलेगा। उसे मायूस नहीं होना पड़ा।

चाँद निकला हुआ था और रोशनी की एक पट्टी अमीरनाथ की गली में आ रही थी और उस जाली पर पड़ रही थी, जो उसके ठकठकाने पर सरका ली गई थी। घुप्प अँधेरे से बिसेसा ने अपनी बाँहें चाँदनी में निकालीं। दोनों हाथ कलाइयों से काट दिए गए थे और ठूँठों के जख्म करीब-करीब ठीक हो चुके थे।

और तब, जब बिसेसा ने अपना सिर अपनी बाँहों के बीच झुकाकर सिसकियाँ भरनी शुरू कीं, तभी कमरे में से किसी के गुर्राने की आवाज आई, जो किसी जंगली जानवर के जैसी थी और कोई धारदार चीज—चाकू, तलवार या भाला—बुर्का पहने त्रिजागो के जिस्म में आकर लगी। वह उसके जिस्म में लगी तो नहीं, मगर उसकी जाँघ के ऊपरी सिरे की एक मांसपेशी कट गई और उस घाव की वजह से वह पूरी जिंदगी थोड़ा लँगड़ाकर चलता रहा।

जाली अपनी जगह पर वापस आ गई। मकान के अंदर से किसी भी तरह का कोई संकेत नहीं मिला—बस, ऊँची दीवार पर चाँदनी की वह पट्टी थी और पीछे अमीरनाथ की गली का अँधेरा था।

उन बेरहम दीवारों के बीच किसी पागल की तरह गुस्सा करने और चिल्लाने के बाद जो अगली बात त्रिजागो को याद है, वह यह है कि जब सवेरा हो रहा था तब उसने खुद को नदी के पास पाया था, अपना बुर्का फेंका था और नंगे सिर घर चला गया था।

□

त्रासदी क्या हुई? क्या बिसेसा ने अकारण हताशा के दौरे में सबकुछ बता दिया था या उस साजिश का पता चल गया था और उसे प्रताड़ित करके सबकुछ उगलवा लिया गया था? क्या दुर्गाचरण को उसके नाम का पता था? और बिसेसा का क्या हुआ, त्रिजागो को आज तक नहीं पता। कुछ तो भयंकर हुआ था। और यह क्या था, उसका खयाल त्रिजागो को अकसर रात में आ जाता है और सुबह तक उसके साथ रहता है। इस मामले की एक खास बात यह है कि उसे यह नहीं पता कि दुर्गाचरण के मकान का अगवाड़ा कहाँ है। यह दो या उससे ज्यादा मकानों के साझा आँगन की तरफ हो सकता है या यह जीठा मेगजी की बस्ती के किसी दरवाजे के पीछे भी हो सकता है। त्रिजागो को नहीं पता। उसे बिसेसा—बेचारी नन्ही बिसेसा—वापस नहीं मिल सकती। उसने बिसेसा को उस शहर में खो दिया है, जहाँ हर आदमी का मकान कब्र की तरह निगरानी में और न जानने लायक है। अमीरनाथ की गली में खुलनेवाली जाली की जगह दीवार चुन दी गई है।

मगर त्रिजागो वहाँ लगातार जाता रहता है और उसे बहुत शालीन किस्म का आदमी समझा जाता है।

वह बिल्कुल सामान्य है। बस, उसके सीधे पैर में हल्की-सी जकड़न आ गई है, जो घुड़सवारी की वजह से है।

□

4

अन्य पुरुष

जब धरती थी रुग्ण और आकाश धूसर
और वर्षा से म्लान थे वन,
तब वह मृत पुरुष आया उस पतझड़
करने अपनी प्रिया से पुनर्मिलन।

—ओल्ड बैलड

बहुत पहले '70 के दशक की बात है यह, जब शिमला में कोई सरकारी दफ्तर नहीं खुला था और जाखू वाली चौड़ी सड़क पी.डब्ल्यू.डी. के कबूतरखाने में रहती थी। उस समय मिस गौरी के माता-पिता ने कर्नल श्राइडरलिंग से उसकी शादी कर दी। वह गौरी से 35 साल से ज्यादा बड़ा नहीं रहा होगा, क्योंकि वह हर माह 200 रुपए पर गुजर-बसर करता था और उसके पास खुद का पैसा भी था। तो वह काफी संपन्न था। वह अच्छे खानदान से था और ठंड के मौसम में उसे फेफड़ों में परेशानी रहती थी। गरम मौसम में दौरे पड़ने का खतरा बना रहता था। मगर यह उसके लिए कभी जानलेवा साबित नहीं हुआ था।

यह बात आप समझ लें कि मैं श्री श्राइडरलिंग पर आरोप नहीं लगा रहा। अपने आप में वह एक अच्छा पति था और उसका पारा बस, तभी चढ़ता था जब बीमारी में उसकी देखभाल की जाती थी और ऐसा हर महीने में लगभग सत्रह दिन होता था। पैसों के मामले में अपनी पत्नी के प्रति वह करीब-करीब दरियादिल था और वह उसके खुद के लिए एक रियायत थी। फिर भी, मिसेज श्राइडरलिंग खुश नहीं थीं। उसकी शादी तब कर दी गई थी, जब वह 20 वर्ष की भी नहीं हुई थी और अपना पूरा बेचारा नन्हा-सा दिल एक अन्य पुरुष को दे चुकी थी। मैं उसका नाम भूल गया हूँ, मगर हम उसे 'अन्य पुरुष' (दूसरा आदमी) कहेंगे।

उसके पास न पैसा था और न ही संभावनाएँ थीं। देखने-सुनने में भी वह अच्छा नहीं था और शायद वह सेना के रसद महकमे में या परिवहन में था। मगर इस सबके बावजूद वह उसे बेहद प्यार करती थी और उन दोनों में उस समय एक तरह से बात हो चुकी थी, जब श्राइडरलिंग ने आकर मिसेज गौरी से कहा था कि वह उसकी बेटी से शादी करना चाहता है। तब वह दूसरी बात तोड़ दी गई थी—या यह कहिए कि मिसेज गौरी के आँसुओं में बह गई थी; क्योंकि वह महिला अपने घर को इस तरह चलाती थी कि जब उसे यह लगता था कि उसका हुक्म नहीं माना जा रहा या बुढ़ापे में उसे सही इज्जत नहीं मिली तो वह रोने-धोने बैठ जाती थी। बेटी अपनी माँ पर नहीं गई थी। वह कभी नहीं रोई, शादी पर भी नहीं।

अन्य पुरुष ने अपने नुकसान को चुपचाप सह लिया और उसे सबसे खराब स्टेशन पर भेज दिया गया। शायद वहाँ की आबो-हवा से उसे कुछ सुकून मिल गया था। उसे रह-रहकर बुखार हो आता था और शायद इसी वजह से उसका ध्यान अपनी उस दूसरी परेशानी से हट गया था। उसका दिल भी कमजोर था। दोनों तरह से। उसका एक वॉल्व खराब हो गया था और बुखार ने उसे बदतर कर दिया। यह बाद में जाकर दिखाई दिया।

फिर कई महीने बीत गए और मिसेज श्राइडरलिंग बीमार रहने लगीं। वह उस तरह सूखती नहीं चली गईं, जैसा कि किस्से-कहानी की पुस्तकों में लोगों के साथ होता है; बल्कि ऐसा लगता था कि वह स्टेशन पर होनेवाली, मामूली

बुखार से ऊपर तक, हर बीमारी को पकड़ रही थी। अपने सबसे अच्छे दिनों में भी वह मामूली से ज्यादा खूबसूरत नहीं दिखती थीं और अब बीमारी ने तो उन्हें बदसूरत बना दिया था। श्राइडरलिंग का यही कहना था। उसे इस बात का गर्व था कि वह अपने मन की बात कह डालता है।

जब वह प्यारी नहीं रह गई तो उसने उसे उसके हाल पर छोड़ दिया और खुद अपने कुँआरेपन की माँद में वापस चला गया। वह मायूसी की-सी हालत में शिमला मॉल में इधर से उधर और उधर से इधर दुलकी चाल में घूमती रहती। एक भूरा तराई हैट उसके सिर के पीछे की तरफ होता और उसके नीचे एक भयंकर खराब काठी होती थी। श्राइडरलिंग की दरियादिली घोड़े पर आकर खत्म हो गई थी। उसका कहना था कि मिसेज श्राइडरलिंग जैसी बदहवास औरत के लिए कोई भी काठी चलेगी। उससे कभी नाच के लिए नहीं कहा जाता था, क्योंकि वह अच्छा नहीं नाचती थी। वह इतनी भोंदू और उबाऊ थी कि उसकी पेटी में अकसर कोई कार्ड नहीं होता था। श्राइडरलिंग का कहना था कि अगर उसे पता होता कि वह शादी के बाद ऐसी बिजूका बन जाएगी तो वह उससे कभी शादी नहीं करता। वह हमेशा इस बात पर गर्व करता था कि वह अपने मन की बात कह डालता है।

एक साल अगस्त के महीने में उसने उसे शिमला में छोड़ दिया और खुद अपनी रेजीमेंट में चला गया। तब वह थोड़ी सी ठीक हुई, मगर उसकी रंगत वापस नहीं आई। क्लब में मुझे पता चला कि अन्य पुरुष बीमारी—बहुत बीमारी—की हालत में ठीक होने के लिए आ रहा था। मुझे लगता है, उसने चिट्ठी लिखकर गौरी को बताया होगा। उन दोनों ने शादी के एक महीने पहले से एक-दूसरे को नहीं देखा था और यहाँ इस कहानी का दु:खद पक्ष शुरू होता है।

एक दिन डवडेल होटल में मुझे शाम के धुँधलके तक रुकना पड़ गया। मिसेज श्राइडरलिंग उस पूरी दोपहरी बारिश में मॉल में इधर से उधर और उधर से इधर घूमती रही थीं। कार्टरोड पर आते हुए मेरे पास से एक ताँगा गुजरा और इतनी देर खड़े रहने से थका मेरा टट्टू मध्यम चाल में दौड़ पड़ा। ठीक ताँगा दफ्तर जानेवाली सड़क के सहारे मिसेज श्राइडरलिंग, सिर से पाँव तक भीगी,

ताँगे का इंतजार कर रही थीं। मैं पहाड़ की ऊँचाई की तरफ मुड़ गया, क्योंकि ताँगे से मेरा कोई सरोकार नहीं था। तभी वह चीखने लगीं। मैं फौरन वापस गया और मैंने ताँगा दफ्तर की बत्तियों के नीचे देखा कि मिसेज श्राइडरलिंग अभी-अभी आए ताँगे की पिछली सीट के पास गीली सड़क पर बड़े बुरे तरीके से चीखें मार रही थीं। और मेरे वहाँ पहुँचते-पहुँचते वह मिट्टी में औंधे मुँह गिर गईं।

ताँगे की पिछली सीट पर बिल्कुल जमकर और तिरपाल की टेक पर एक हाथ रखे, उसके हैट और मूँछों से पानी टपकता हुआ, अन्य पुरुष विराजमान था—मुरदा। मुझे लगता है कि पहाड़ की ऊँचाई की तरफ 60 मील की यात्रा के धचकों को उसका वॉल्व झेल नहीं पाया था। ताँगेवाले ने कहा, ''यह साहब सोलन से दो पड़ाव बाहर ही मर गए थे। इसलिए मैंने इन्हें रस्सी से बाँध दिया कि कहीं यह रास्ते में ही गिर न जाएँ और इस तरह शिमला आ गया। साहब, मुझे बख्शीश देंगे?'' यह उसने अन्य पुरुष की तरफ इशारा करते हुए कहा, ''एक रुपया देते।''

अन्य पुरुष खीसें निपोरता बैठा था, मानो अपने पहुँचने के मजाक पर उसे मजा आ रहा था। और मिट्टी में बैठी मिसेज श्राइडरलिंग ने कराहना शुरू कर दिया। दफ्तर में हम चारों के अलावा और कोई नहीं था और मूसलधार बारिश हो रही थी। सबसे पहले तो मुझे मिसेज श्राइडरलिंग को घर पहुँचाना था और दूसरा काम था इस मामले में उनका नाम न आने देना। मैंने ताँगेवाले को पाँच रुपए दिए कि वह मिसेज श्राइडरलिंग के लिए एक रिक्शा ढूँढ़ लाए। उसके बाद ही उसे ताँगा बाबू को अन्य पुरुष के बारे में बताना था और बाबू को अपने हिसाब से उसका अच्छे-से-अच्छा बंदोबस्त करना था।

मिसेज श्राइडरलिंग को बारिश से हटाकर शेड में ले जाया गया और पौन घंटे तक हम दोनों रिक्शे का इंतजार करते रहे। अन्य पुरुष जैसा आया था, उसे वैसा ही छोड़ दिया गया था। मिसेज श्राइडरलिंग और सबकुछ कर रही थीं, बस रो नहीं रही थीं, जिससे उनका जरूर भला हुआ होगा। होश-हवास लौटते ही उन्होंने चीखने की कोशिश की और फिर वह अन्य पुरुष की आत्मा के लिए प्रार्थना करने लगी। अगर वह सचमुच ईमानदार न होतीं तो उन्होंने अपनी

आत्मा के लिए भी प्रार्थना की होती। मैं इंतजार में रहा कि वह ऐसा करेंगी, मगर उन्होंने अपनी आत्मा के लिए प्रार्थना नहीं की। फिर मैंने उनके कपड़ों से थोड़ी मिट्टी छुड़ाने की कोशिश की। आखिरकार, रिक्शा आ गया और मैंने उन्हें वहाँ से भेज दिया—इसमें मुझे थोड़ी जोर-जबरदस्ती भी करनी पड़ी। शुरू से आखिर तक यह बहुत टेढ़ा काम था। मगर सबसे ज्यादा परेशानी तब हुई, जब रिक्शे को दीवार और ताँगे के बीच से भिंचकर निकलना पड़ा और मिसेज श्राइडर ने तिरपाल की टेक पकड़े उस पतले व पीले हाथ को देखा।

मिसेज श्राइडरलिंग को जिस समय घर ले जाया गया, उस समय हर कोई नाच के लिए वाइसरीगल लॉज जा रहा था, जो उस समय 'पीटरहॉफ' था—और डॉक्टर को यही पता चला कि वह अपने घोड़े से गिर गई थीं और मैंने उन्हें जाको के पीछे से उठाया था। जिस फुरती से मैंने डॉक्टरी मदद ली थी, उसके लिए सचमुच मुझे बड़ा श्रेय जाता था। वह मरी नहीं—श्राइडरलिंग के ठप्पेवाले मर्द ऐसी औरतों से शादी करते हैं, जो आसानी से नहीं मरतीं। वे जिंदा रहती हैं और बदसूरत हो जाती हैं।

मिसेज श्राइडरलिंग ने अपनी शादी के बाद से अन्य पुरुष के साथ उस एक मुलाकात के बारे में कभी नहीं बताया। और जब उस शाम खुले में रहने की वजह से उसे ठंड लगी और खाँसी ने उसके बाहर जाने का रास्ता बना दिया तो उसने कभी भी बोलकर या इशारे से यह नहीं जताया कि मुझसे उसकी मुलाकात ताँगा दफ्तर में हुई थी। शायद उसे इसका कभी पता ही नहीं चला।

वह उस भयंकर खराब काठी पर बैठ मॉल में इधर से उधर और उधर से इधर दुलकी चाल में घूमती रहती थी। ऐसा लगता था जैसे उसे मोड़ पर किसी के मिलने की उम्मीद थी और वह हर मिनट उधर देखती रहती थी। दो साल बाद वह 'घर' चली गई और वहाँ उसकी मौत हो गई—मैं सोचता हूँ, शायद बोर्नमथ में।

श्राइडरलिंग जब कभी मेस में भावुक हो जाता तो 'मेरी बेचारी प्यारी बीवी' की बात करता था। वह हमेशा यह गर्व करता था कि वह अपने मन की बात कह डालता है।

□

5

मिस यूगल का साईस

मियाँ-बीवी राजी तो क्या करेगा काजी।

—एक कहावत

कुछ लोग कहते हैं कि हिंदुस्तान में कोई रोमांस नहीं है। वे गलत कहते हैं। हमारी जिंदगियों में तो इतना रोमांस होता है जितना हमारे लिए अच्छा हो सकता है। कभी-कभी तो उससे भी ज्यादा।

स्ट्रिकलैंड पुलिस में था और लोग उसे समझते नहीं थे। इसलिए वे उसे संदिग्ध किस्म का आदमी बताते और दूसरी तरफ हो जाते थे। स्ट्रिकलैंड खुद इसके लिए जिम्मेदार था। उसकी यह अलग ही सोच थी कि हिंदुस्तान में पुलिसवाले को यहाँ के बाशिंदों के बारे में उतनी ही जानकारी होनी चाहिए जितनी खुद उन बाशिंदों को। अब, पूरे ऊपरी हिंदुस्तान में बस एक ही आदमी है, जो हिंदू या मुसलमान, खाल साफ करनेवाला या पंडित, जिस रूप में चाहे चल सकता है। गोर कठड़ी से लेकर जामा मसजिद तक देशी बाशिंदे उससे डरते और उसका सम्मान करते हैं। और लोग समझते हैं कि उसमें गायब होने का हुनर है तथा कई प्रेतात्माएँ उसके वश में हैं, जिनसे वह कुछ भी करवा

सकता है। लेकिन इससे हिंदुस्तान की सरकार की नजरों में उसका कोई भला नहीं हुआ है।

स्ट्रिकलैंड मूर्ख ही था, जो उसने उस आदमी को अपना आदर्श बनाया और उसकी बेहूदा सोच के मुताबिक ऐसी घटिया जगहों में हाथ-पाँव मारता रहा, जहाँ कोई इज्जतदार आदमी जाने के बारे में सोचेगा भी नहीं—यानी देशी कुली-कबाड़ियों के बीच। उसने इस इल्म को इस अलग ही तरीके से सात साल तक सीखा था, लेकिन लोग उसे सराह नहीं पाए। वह लगातार देशी लोगों के बीच जो कर रहा था, उसमें सूझ-बूझवाला कोई व्यक्ति कभी विश्वास नहीं करेगा। एक बार उसने इलाहाबाद में दीक्षा ली, जब वह छुट्टी पर था। उसे साँसियों के लिजर्ड गीत और हल्ली-हक्क नाच की जानकारी थी, जो एक किस्म का धार्मिक कामोद्दीपक नृत्य है। जब किसी आदमी को यह पता होता है कि कौन लोग कैसे और कब, कहाँ हल्ली-हक्क नृत्य करते हैं तो उसे ऐसा कुछ पता होता है जिस पर घमंड किया जा सकता है। वह सतह से नीचे गया होता है। लेकिन स्ट्रिकलैंड को घमंड नहीं था, हालाँकि एक बार जगाधरी में उसने मृत साँड़ की पेंटिंग में मदद की थी, जिसे किसी अंग्रेज को देखना भी नहीं चाहिए। उसने चाँगरों की चोरोंवाली बोली में महारत हासिल की हुई थी। उसने एक यूसुफजई घोड़ा-चोर को ऐटक के पास अकेले ही धर लिया था और एक सरहदी मसजिद में खड़े होकर एक सुन्नी मुल्ला की तरह नमाज पढ़वाई थी।

उसका सबसे बड़ा कारनामा था अमृतसर में बाबा अटल के बाग में फकीर बनकर ग्यारह दिन रहना और वहाँ बड़े नसीबन हत्याकांड के सुराग तलाशना। लोग ठीक ही कहते थे कि 'स्ट्रिकलैंड आखिर अपने सीनियरों की अयोग्यता उजागर करने के बजाय अपने दफ्तर में बैठकर अपनी डायरी क्यों नहीं लिखता और भरतियाँ क्यों नहीं करता और खामोश क्यों नहीं रहता?' इसलिए नसीबन हत्याकांड का कोई फायदा उसे अपने महकमे में नहीं मिला।

लेकिन, गुस्से के अपने पहले एहसास के बाद वह देशी लोगों की जिंदगी में ताक-झाँक करने की अपनी पुरानी आदत पर लौट आया। जब किसी आदमी को इस खास किस्म के मनोरंजन का चस्का लग जाता है तो वह सारी उम्र

उसके साथ रहता है। दुनिया की सबसे सम्मोहक चीज है यह। प्यार भी इसका अपवाद नहीं है। जब कि अन्य लोग दस दिन की छुट्टी में पहाड़ियों पर जाते थे। वहीं स्ट्रिकलैंड उस काम के लिए छुट्टी लेता था, जिसे वह शिकार कहता था। तब वह ऐसा वेश धारण करता, जो उस समय उसे अच्छा लगता। वह साँवली भीड़ में जाता और कुछ समय के लिए गुम हो जाता। वह एक खामोश तबीयत का, गहरी रंगतवाला जवान शख्स था—साधारण, काली आँखोंवाला; और जब वह किसी और चीज के बारे में नहीं सोच रहा होता था तो एक बहुत दिलचस्प साथी होता था। देशी तरक्की को स्ट्रिकलैंड ने जिस नजरिए से देखा था, उस पर उसकी बातें सुनने लायक होती थीं। देशी लोग स्ट्रिकलैंड से नफरत करते थे; मगर उससे डरते भी थे। वह जरूरत से ज्यादा जानता था।

जब यूगल परिवार स्टेशन में आया तो स्ट्रिकलैंड—जैसे कि वह हर काम बहुत गंभीरता से किया करता था—मिस यूगल से प्यार कर बैठा। और वह भी कुछ दिनों बाद उससे प्यार करने लगी, क्योंकि वह उसे समझ नहीं पाई। तब स्ट्रिकलैंड ने यूगल दंपती को इस बारे में बताया। मगर मिसेज यूगल ने कहा कि वह अपनी बेटी को साम्राज्य के सबसे कम वेतनवाले महकमे में नहीं फेंकेंगी और बुढ़ऊ यूगल ने इतने ही शब्दों में यह कहा कि वह स्ट्रिकलैंड के तौर-तरीकों व कामों पर भरोसा नहीं करते। वह स्ट्रिकलैंड के शुक्रगुजार होंगे कि वह आइंदा उनकी बेटी से बात या चिट्ठी-पत्री न करे। 'ठीक है।' स्ट्रिकलैंड ने कहा, क्योंकि वह अपनी प्रेमिका की जिंदगी को बोझ नहीं बनाना चाहता था। मिस यूगल से एक लंबी बात करने के बाद उसने इस शगल को बिल्कुल ही छोड़ दिया।

यूगल परिवार अप्रैल में शिमला चला गया।

जुलाई में स्ट्रिकलैंड ने 'बहुत जरूरी निजी काम' से तीन महीनों की छुट्टी ले ली। उसने अपने मकान में ताला लगा दिया—हालाँकि प्रांत में एक भी देशी बाशिंदा ऐसा न था, जो एस्त्रीकिन साहब के सामान को हाथ लगाता—और अपने एक बूढ़े रँगरेज दोस्त से मिलने तरणतारण चला गया।

यहाँ आकर उसका कोई अता-पता नहीं रहा। और फिर शिमला मॉल पर मुझे एक साईस मिला, जिसने मुझे यह खास चिट्ठी दी—

'प्रिय महोदय,

मेहरबानी से पत्रवाहक को एक डिब्बा चुरुट दें—सुपर्स नं. 1 हो तो बहुत अच्छा। क्लब में ये सबसे ताजा हैं। जब मैं फिर से प्रकट होऊँगा तो इसके पैसे दे दूँगा; लेकिन अभी तो मैं समाज से बाहर हूँ—आपका,

ई. स्ट्रिकलैंड'

मैंने दो डिब्बे मँगवाए और प्यार के साथ उस साईस को पकड़ा दिए। वह साईस स्ट्रिकलैंड था और वह बूढ़े यूगल की नौकरी कर रहा था और मिस यूगल के घोड़े की देखरेख से जुड़ा था। बेचारा अंग्रेजी धूम्रपान के लिए बेचैन था और जानता था कि काम खत्म होने तक मैं अपना मुँह बंद रखूँगा।

बाद में अपने नौकरों से घिरी रहनेवाली मिसेज यूगल ने उन घरों में, जिनमें वह जाती थीं, अपने सबसे आला और खास साईस के बारे में बताना शुरू किया, जो कभी इतना व्यस्त नहीं होता था कि सुबह उठ न सके और नाश्ते की मेज के लिए फूल न तोड़ सके और जो अपने घोड़े के खुरों को लंदन के किसी कोचवान की तरह काला कर देता—सचमुच काला कर देता था। मिस यूगल के घोड़े का साज-सामान गजब का और देखने लायक होता था। स्ट्रिकलैंड—मेरा मतलब है, डल्लू—को उसका इनाम उन प्यारी बातों में मिल जाता था, जो मिस यूगल उससे उस दौरान कहती थी, जब वह घुड़सवारी के लिए जाती थी। उसके माँ-बाप यह देखकर खुश थे कि वह जवान स्ट्रिकलैंड के लिए अपनी सारी मूर्खता को भूल चुकी थी, और वे कहते थे कि वह एक अच्छी लड़की है।

स्ट्रिकलैंड कसम खाकर कहता है कि उसकी नौकरी के वे दो महीने उसके लिए सख्त मानसिक अनुशासन के अभूतपूर्व महीने थे। यह उस छोटी सी सच्चाई से अलग था कि उसके साथी साईसों में से एक की बीवी उससे प्यार कर बैठी और उसने उसे आर्सेनिक जहर देने की कोशिश की; क्योंकि वह उससे कोई वास्ता नहीं रखता था। उसे अपने आपको यह सिखाना पड़ा था कि जब मिस यूगल किसी ऐसे आदमी के साथ घुड़सवारी पर जाए, जो उसके साथ फ्लर्ट करने की कोशिश करे तो वह चुप रहे और उसे मजबूर किया जाता

था कि वह कंबल लेकर पीछे-पीछे आए और एक-एक शब्द सुने। और उसे तब अपने गुस्से को काबू में रखना पड़ा था, जब एक पुलिसवाले ने थिएटर की ड्योढ़ी में उसके साथ गाली-गलौज की थी—खासकर तब, जब एक बार एक नायक ने उसे गाली दी थी, जिसे खुद उसने इस्सर जंग गाँव में भरती किया था—और इससे भी बदतर तो तब, जब एक जवान मातहत ने जल्दी से रास्ता न देने पर उसे 'सुअर' कहा था।

लेकिन जिंदगी ने उसकी भरपाई भी की थी। उसने साईसों के तौर-तरीकों और उनकी चोरियों का खूब भेद पा लिया था—और उसका कहना था कि उसे इतने भेद मिल गए थे कि अगर वह अपने काम पर लग जाता तो पंजाब की आधी आबादी मुजरिम साबित हो जाती। वह नकल-बोन्स खेल का एक सबसे आला खिलाड़ी बन गया था, जिसे सभी झँपानी और कई साईस उस समय खेलते थे, जब वे रात में गेटी थिएटर या गवर्नमेंट हाउस के बाहर इंतजार कर रहे होते थे। उसने तंबाकू पीना सीख लिया था, जो तीन-चौथाई गोबर होता था और उसने गवर्नमेंट हाउस के साईसों के बूढ़े जमादार की अक्लमंदी भरी बातें सुनी थीं, जिसके बोल अनमोल हैं। उसने ऐसी बहुत सी चीजें देखी थीं, जिनमें उसे मजा आया था और वह कसम खाकर कहता है कि शिमला को अगर सही से समझना है तो उसे साईसों की नजर से देखना होगा। वह यह भी कहता है कि उसने जो कुछ भी देखा है, अगर वह सब लिखने बैठे तो उसकी खोपड़ी के कई टुकड़े हो जाएँगे।

स्ट्रिकलैंड जब उन नम रातों का दर्द बयाँ करता है, जो उसने संगीत सुनकर और 'बेनमोर' की रोशनियाँ देखकर तथा सिर पर घोड़े का कंबल ओढ़े काटी थीं, जब उसके पैरों की उँगलियाँ वाल्ट्स नृत्य के लिए झनझनाती थीं तो उसे सुनकर मजा-सा आता है।

इन दिनों स्ट्रिकलैंड अपने अनुभवों पर एक छोटी पुस्तक लिख रहा है। वह पुस्तक खरीदने लायक तो होगी ही, उससे ज्यादा छिपाने लायक होगी।

इस तरह उसने वफादारी से इस खिदमत को अंजाम दिया, जैसा कि याकूब ने राहेल के लिए किया था (देखिए बाइबिल, उत्पत्ति—मो.मा.)। और उसकी छुट्टी खत्म ही होने वाली थी कि यह धमाका हुआ। जैसा कि मैं बता

चुका हूँ, उसने फ्लर्ट करनेवाले की बातें सुनकर अपने आपको बखूबी काबू में रखा था; लेकिन आखिर में वह आपा खो ही बैठा। एक बार एक बूढ़ा और जाना–माना जनरल यूगल को घुड़सवारी पर ले गया और उससे 'तुम तो प्यारी बच्ची हो' जैसी बातें करके फ्लर्ट करने लगा, जिसे टालना किसी औरत के लिए तो मुश्किल होता है—और सुनने में भी वे बातें बेहद पागल कर देनेवाली होती हैं। जो बातें जनरल कह रहा था, उन्हें मिस यूगल का साईस सुन सकता था और वह डर के मारे काँप रही थी। डल्लू—यानी स्ट्रिकलैंड—जब तक इसे बरदाश्त कर सकता था, उसने किया। फिर उसने जनरल की लगाम पकड़ी और बहुत फर्राटेदार अंग्रेजी में उसे नीचे उतरने और चट्टान से नीचे फेंक दिए जाने का न्यौता दिया। अगले मिनट मिस यूगल रोने लगी और तब स्ट्रिकलैंड की समझ में आया कि उसने अपना भेद खोल दिया था और सबकुछ खत्म हो चुका था।

जनरल को तो जैसे दौरा पड़ गया था, जबकि मिस यूगल सिसक-सिसककर वेश बदलने और उस रिश्ते की कहानी बता रही थी, जिसे उसके माता–पिता ने मान्यता नहीं दी थी। स्ट्रिकलैंड को अपने ऊपर बेहद गुस्सा आ रहा था और जनरल पर तो वह और भी गुस्सा था कि उसने उससे ऐसा करवाया। इसलिए, उसने कुछ नहीं कहा, बस घोड़े का सिर पकड़ा और एक तरह की तसल्ली के लिए जनरल की धुनाई करने लगा। लेकिन जब जनरल को सारी कहानी समझ में आ गई और उसे पता चला कि स्ट्रिकलैंड कौन है, तो वह काठी पर बैठा–बैठा हाँफने लगा और हँस–हँसकर ऐसा लोट–पोट हुआ कि गिरते–गिरते बचा। वह बोला कि स्ट्रिकलैंड को तो वी.सी. तमगा मिलना चाहिए, भले ही वह एक साईस का कंबल धारण करने के लिए ही हो। फिर उसने अपने आप पर लानत भेजी और कहा कि कसम से उसकी धुनाई होनी चाहिए। लेकिन, वह इतना बूढ़ा था कि स्ट्रिकलैंड की पिटाई तो नहीं कर सकता था। फिर उसने मिस यूगल को उसके प्रेमी के लिए बधाई दी। इस पूरे मामले का जो बुराईवाला पहलू था, वह जनरल की समझ में ही नहीं आया; क्योंकि वह तो एक नेक बुजुर्ग शख्स था और फ्लर्ट करना उसकी कमजोरी थी। तब वह फिर से हँसा और बोला कि बूढ़ा यूगल तो मूर्ख था। स्ट्रिकलैंड ने

घोड़े के सिर को छोड़ दिया और कहा कि अगर जनरल की यही राय है तो उसे उन दोनों की मदद करनी चाहिए। स्ट्रिकलैंड को पता था कि बड़ी-बड़ी उपाधियों और ओहदेवाले लोग यूगल की कमजोरी थे।

''यह तो 40 मिनट की नौटंकी जैसा है।'' जनरल ने कहा, ''लेकिन भगवान् कसम, मैं जरूर मदद करूँगा, भले ही यह उस धुनाई से बचने के लिए हो, जिसका मैं हकदार हूँ। अपने घर जाओ मेरे साईस, पुलिसमैन, और जाकर बढ़िया कपड़े पहनो। तब तक मैं जनाब यूगल पर हमला करता हूँ। मिस यूगल, क्या मैं तुमसे कह सकता हूँ कि फटाफट घर पहुँचो और मेरा इंतजार करो?''

☐

लगभग सात मिनट बाद क्लब में धमाल हुआ। कंबल और सिर की रस्सी लिये एक साईस अपने सभी जानकारों से कह रहा था, ''भगवान् के लिए मुझे बढ़िया कपड़े दे दो।'' वे लोग चूँकि उसे पहचान नहीं पा रहे थे तो कुछ अजीब तमाशे हुए और फिर स्ट्रिकलैंड को एक कमरे में से सोडा पड़े गरम पानी से नहाने को मिल गया; कहीं से कमीज तो कहीं से कॉलर और कहीं से पतलून वगैरह-वगैरह मिल गए। वह क्लब के आधे कपड़े लादे और एक बिल्कुल अजनबी शख्स के टट्टू घोड़े पर लदा बूढ़े यूगल के घर की तरफ सरपट दौड़ पड़ा। लिलन के बैंगनी और उम्दा कपड़े पहने मेजर उसके आगे था। जनरल ने ऐसा क्या कहा था, यह तो स्ट्रिकलैंड को कभी पता नहीं चला; लेकिन जब वह यूगल के घर पहुँचा तो यूगल ने उसका जोरदार स्वागत किया और बदले हुए डल्लू के समर्पण से प्रभावित मिसेज यूगल में उसके प्रति दयालुता-सी थी। जनरल चहक रहा था और मिस यूगल वहाँ आई तथा इससे पहले कि बुजुर्ग यूगल यह समझ पाता कि वह कहाँ था, माता-पिता की तरफ से रजामंदी ली जा चुकी थी। स्ट्रिकलैंड मिस यूगल के साथ अपने यूरोपीय साज-सामान के लिए तार करने तार घर जा चुका था। आखिरी परेशानी तब आई, जब मॉल पर एक अजनबी ने उस पर हमला कर दिया और चुराए गए टट्टू घोड़े की बाबत पूछा।

आखिर में स्ट्रिकलैंड और मिस यूगल की शादी इस आपसी समझ के साथ हो गई कि स्ट्रिकलैंड अपनी पुरानी आदतें छोड़ देगा और अपने महकमे

के काम से काम रखेगा, जिसमें बहुत अच्छा पैसा है और जो शिमला पहुँचाता है। उस समय स्ट्रिकलैंड के दिल में अपनी पत्नी के लिए इतना प्यार था कि वह अपना वादा तोड़ ही नहीं सकता था। लेकिन यह उसका कड़ा इम्तिहान था, क्योंकि गलियाँ–बाजार और उनकी आवाजें स्ट्रिकलैंड के लिए बहुत मायने रखती थीं और उसे वापस बुलाती रहती थीं कि आओ, अपना घूमना और अपनी खोजें चालू रखो। किसी दिन मैं आपको बताऊँगा कि उसने अपने एक दोस्त की मदद करने के लिए अपना वादा किस तरह तोड़ दिया। उस बात को बहुत दिन हो गए और इस बीच वह उस काम के लिए बेकार–सा हो गया है। वह उस गँवारू बोली को, भिखारियों की खास बोलचाल को, चिह्नों व निशानों को तथा खुफिया धाराओं के बहाव को भूलता जा रहा है, जिसमें आकर किसी को महारत हासिल करनी है तो उसे उन्हें लगातार सीखते रहना होता है।

लेकिन वह अपने महकमे में रिटर्न्स को खूबसूरती से फाइल करता है।

□

6

सद्धू के मकान में

थोड़े से फासले पर दोनों ओर
उस सुव्यवस्थित सड़क पर चलते हैं हम,
और सारा जगत् है जंगली और विचित्र :
चुड़ैल-पिशाच, जिन और बेताल
होंगे साथ हमारे आज रात,
क्योंकि हम पहुँच गए हैं प्राचीनतम प्रदेश
जहाँ अंधकार की ताकतें करती हैं राज।

—फ्रॉम द डस्क टु द डॉन

सद्धू का मकान—टकसाली गेट के पास—दो मंजिला है, जिसमें पुरानी कत्थई लकड़ी की चार नक्काशीदार खिड़कियाँ हैं और एक चौरस छत है। आप इसे हथेलियों के उन पाँच लाल छापों से पहचान सकते हैं, जो सफेदी पर ऊपरी खिड़कियों के बीच ताश के ईंट के पंजे की तरह सजे हुए हैं। भगवानदास परचूनिया और खुद को सील काटकर कमाई करनेवाला बतानेवाला एक आदमी उसकी निचली मंजिल में अपनी बीवियों, नौकरों, दोस्तों व आश्रितों

की फौज के साथ रहते हैं। दो ऊपरी कमरों को जानू, अजीजन और एक छोटा सा काला-कत्थई रंग का शिकारी कुत्ता (टेरियर), जिसे एक अंग्रेज के घर से चुराकर एक सैनिक ने जानू को दे दिया था—घेरे हुए थे। आज केवल जानू ऊपरी कमरों में रहती है। सद्धू अमूमन छत पर सोता है, नहीं तो फिर गली में। पहले वह ठंड के मौसम में अपने बेटे से मिलने पेशावर जाता था, जहाँ उसका बेटा एडवर्ड्स गेट पर अजीबो-गरीब चीजें बेचता था और तब सद्धू एक वास्तविक कच्ची छत के नीचे सोता था। सद्धू मेरा बहुत अच्छा दोस्त है; क्योंकि उसके चचेरे भाई का एक बेटा था, जिसे मेरी सिफारिश से स्टेशन की एक बड़ी फर्म में मुख्य हरकारे की जगह मिल गई थी। सद्धू कहता है कि अल्लाह मुझे आज-कल में लेफ्टिनेंट गवर्नर बना देगा। मैं कह सकता हूँ कि उसकी भविष्यवाणी सच होगी। वह बहुत बूढ़ा है। उसके बाल सफेद हैं और दिखाने लायक कोई दाँत नहीं है और उसकी सूझ-बूझ उसे छोड़ चुकी है। दरअसल हर चीज उसे छोड़ चुकी है, सिवाय पेशावर में मौजूद उसके बेटे के लिए उसका लगाव। जानू और अजीजन कश्मीरी हैं। वे शहर की महिलाएँ हैं और उनका पेशा बहुत पुराना व कमोबेश इज्जतदार था। मगर फिर, अजीजन ने उत्तर-पश्चिम के एक छात्र डॉक्टर से शादी कर ली और बरेली के पास कहीं एक इज्जतदार जिंदगी शुरू कर दी है। भगवानदास एक झपटमार और मिलावटखोर है। वह बहुत अमीर है। जो आदमी खुद को सील काटकर रोजी-रोटी कमानेवाला बताता है, वह बहुत गरीब होने का ढोंग करता है। इससे आपको सद्धू के मकान के चार मुख्य किराएदारों के बारे में उतनी जानकारी मिल पाती है, जितनी जरूरी है। और इनके अलावा, मैं तो हूँ ही; मगर मैं तो बस एक कोरस हूँ, जो आखिर में चीजों को समझाने के लिए आता है। इसलिए मेरी कोई गिनती नहीं है।

सद्धू चालाक नहीं था। सील काटने का बहाना करनेवाला आदमी उन सब में सबसे ज्यादा चालाक था। उनमें भगवानदास को ही झूठ बोलना आता था। जानू एक अपवाद थी। वह खूबसूरत भी थी; मगर वह उसका अपना मामला था।

पेशावर में रह रहे सद्धू के बेटे को प्लूरिसी (फेफड़े की झिल्ली की

सूजन) हो गई और सद्धू परेशान हो गया। सील काटनेवाले ने सद्धू की परेशानी के बारे में सुना और उसने उससे फायदा उठाया। वह समय के साथ चलनेवाला था। उसने पेशावर में एक दोस्त से कहा कि वह बेटे की सेहत की रोजाना खबर दे और यहाँ से कहानी शुरू होती है।

सद्धू के चचेरे भाई के बेटे ने एक शाम मुझे बताया कि सद्धू मुझसे मिलना चाहता है। उसने कहा कि वह बहुत बूढ़ा व कमजोर है और खुद नहीं आ सकता तथा अगर मैं उसके पास गया तो वह सद्धू के मकान के लिए हमेशा इज्जत की बात होगी। मैं गया; मगर मैं सोचता हूँ कि उसे समय सद्धू की अच्छी माली हालत को देखते हुए उसे अप्रैल की उस उमस भरी शाम में एक भावी लेफ्टिनेंट गवर्नर को शहर में ले जाने के लिए इक्के से बेहतर कोई सवारी भेजनी चाहिए थी; क्योंकि वह इक्का तो भयंकर ढंग से धचके खाता था। इक्का तेजी से नहीं दौड़ा। जब हम किले के मुख्य द्वार के पास रणजीत सिंह की समाधि के दरवाजे के सामने जाकर रुके तो बिल्कुल अँधेरा हो चुका था। वहाँ सद्धू था और उसने कहा कि मैं जो यहाँ आने के लिए राजी हो गया था तो उससे बिल्कुल पक्का हो गया था कि मैं बाल सफेद होने से पहले ही लेफ्टिनेंट गवर्नर बन जाऊँगा। फिर हम सितारों की छाँव में, हजूरीबाग में, पंद्रह मिनट तक मौसम के बारे में, अपनी सेहत के बारे में और गेहूँ की फसल के बारे में बातें करते रहे।

आखिर में सद्धू काम की बात पर आया। उसने कहा कि जानू ने उसे बताया है कि जादू के खिलाफ सरकार का एक हुक्म था; क्योंकि उसे यह डर था कि एक दिन जादू हिंदुस्तान की महारानी की जान ले सकता है। मुझे कानून के बारे में कुछ पता नहीं था; मगर मुझे लगा, कुछ दिलचस्प होने जा रहा है। मैंने कहा कि जहाँ तक सरकार जादू को बढ़ावा नहीं दे रही है तो यह बहुत अच्छी बात थी। सरकार के सबसे आला अफसर भी जादू करते हैं (अगर पैसों का लेखा-जोखा जादू नहीं है तो फिर और क्या है)। फिर, आगे उसका हौसला बढ़ाने के लिए मैंने कहा कि अगर कोई जादू होने जा रहा है तो मुझे उसे मेरी मंजूरी देने में कोई ऐतराज नहीं है, बस यह सही जादू—यानी सफेद जादू—होना चाहिए, ऐसा काला जादू नहीं जो लोगों की जान ले लेता है।

काफी देर बाद जाकर सद्धू ने यह कबूल किया कि उसने मुझे वहाँ इसीलिए बुलाया था। उसने मुझे झिझकते-काँपते हुए बताया कि जो आदमी खुद को सील काटनेवाला बताता है, वह बहुत अच्छा जादूगर है। उसने बताया कि वह आदमी उसे हर रोज बिजली से भी ज्यादा तेजी से पेशावर में बीमार उसके बेटे की खबर दे रहा है और यह खबर हमेशा खतों से पुख्ता हो जाती है। यही नहीं, उसने सद्धू से यह भी कहा था कि उसके बेटे पर एक बहुत बड़ा खतरा मँडरा रहा है और उसे सफेद जादू से ही दूर किया जा सकता है और इसमें बहुत सारे पैसों की जरूरत होगी। मुझे साफ दिखाई देने लगा कि मामला क्या था और मैंने सद्धू से कहा कि मैं भी पश्चिमी किस्म का थोड़ा सा जादू समझता हूँ और मैं उसके घर जाकर देखूँगा कि सबकुछ अच्छे ढंग से और सही तरीके से किया जा रहा है।

हम साथ-साथ चल दिए और रास्ते में सद्धू ने मुझे बताया कि वह सील काटनेवाले को अब तक सौ-दो सौ रुपए दे चुका है और उस रात के जादू के लिए उसे दो सौ रुपए और देने होंगे। उसने यह भी कहा कि उसके बेटे के खतरे की गहराई को देखते हुए यह सौदा सस्ता था। मगर मैं नहीं सोचता था कि वह सचमुच यही कहना चाहता था।

जब हम वहाँ पहुँचे तो मकान के सामने की सारी बत्तियाँ बुझी हुई थीं। सील काटनेवाले की दुकान के अगले हिस्से के पीछे से आती भयानक आवाजें मुझे साफ सुनाई दे रही थीं, मानो किसी की रूह कराहती हुई बाहर आ रही थी। सद्धू पूरा-का-पूरा काँप गया और हम टटोलते हुए सीढ़ियाँ चढ़ने लगे तो उसने बताया कि जादू शुरू हो चुका है। सीढ़ियों के ऊपरी सिरे पर हमें जानू और अजीजन मिलीं, जिन्होंने हमें बताया कि जादू उनके कमरों में चल रहा है, क्योंकि वहाँ जगह ज्यादा है। जानू एक आजाद खयालोंवाली औरत है। उसने धीमे से कहा कि जादू तो सद्धू से पैसे ऐंठने के लिए ईजाद किया गया है और मरने के बाद वह सील काटनेवाला नरक में जाएगा। सद्धू तो डर और बुढ़ापे की वजह से जैसे रो रहा था। वह आधी रोशनी में कमरे में इधर से उधर चहलकदमी कर रहा था और बार-बार अपने बेटे का नाम दोहरा रहा था और अजीजन से कह रहा था कि सील काटनेवाले को क्या अपने मकान मालिक से

कम पैसे नहीं लेने चाहिए? जानू ने मुझे नक्काशीदार खिड़कियों की खाली जगह में छाया में खींच लिया। तख्ते बंद थे और कमरों में बस एक छोटा सा चिराग था। अगर मैं हिलता-डुलता नहीं तो मुझे कोई देख नहीं पाता।

फिलहाल नीचे से आनेवाली कराहने की आवाजें बंद हो गईं और हमें सीढ़ियों पर कदमों की आहटें सुनाई दीं। यह सील काटनेवाला था । कुत्ता भौंकने लगा तो वह दरवाजे के बाहर ही रुक गया और अजीजन जंजीर को टटोलने लगी और सील काटनेवाले ने सद्धू से चिराग बुझा देने को कहा। इससे वहाँ स्याह अँधेरा फैल गया, बस जानू और अजीजन के दो हुक्कों की लाल चमक रह गई। सील काटनेवाला अंदर आ गया और मैंने सुना, सद्धू फर्श पर गिरकर कराहने लगा। अजीजन ने साँस रोक ली और जानू काँपकर पीछे हटी और एक पलंग से जा लगी। कोई धातु की चीज टनटनाई और फर्श के पास एक मंद पीली-हरी लौ दिखाई दी। रोशनी इतनी थी कि उसमें अजीजन को देखा जा सकता था, जो कमरे के एक कोने में अपने घुटनों के बीच कुत्ते को लिये मौजूद थी। जानू पलंग पर हाथ जोड़े बैठी थी और आगे को झुकी हुई थी। सद्धू अपना चेहरा नीचे किए काँप रहा था और वह सील काटने वाला था।

मुझे उम्मीद है। उस सील काटनेवाले जैसा कोई और आदमी मुझे कभी देखने को नहीं मिलेगा। वह कमर तक नंगा था। उसके माथे पर मेरी कलाई जितनी मोटी सफेद चमेली की माला लिपटी थी। सामन मछली के रंग की एक लँगोटी उसके धड़ के बीच में बँधी थी और दोनों टखनों पर एक-एक इस्पाती कड़ा डला हुआ था। वह कोई विस्मय जगानेवाला मंजर नहीं था। वह एक आदमी का चेहरा था, जिसे देखकर मैं ठंडा पड़ गया था। पहले तो यह नीला-भूरा था, फिर उसकी आँखें पलट गईं और उनकी सफेदी दिखाई देने लगी और फिर उसका चेहरा एक शैतान का—एक पिशाच का—चेहरा बन गया। आप किसी का भी चेहरा कह लीजिए, मगर यह वह चिकना-चुपड़ा, बूढ़ा बदमाश नहीं था, जो दिन के वक्त नीचे अपनी खराद पर बैठा रहता था। वह अपने पेट के बल लेटा था और उसके हाथ उसकी पीठ के पीछे बँधे थे, मानो किसी ने उसे नीचे गिरा दिया हो। उसका सिर और उसकी गरदन ही उसके शरीर के वे अंग थे, जो फर्श से ऊपर थे। वे उसके शरीर से लगभग नब्बे अंश के कोण पर

थे, जैसे वसंत के मौसम में नाग का सिर होता है। यह डरावना था। कमरे के बीच में, नंगे कच्चे फर्श पर एक बड़ा व गहरा पीतल का बरतन रखा था और उसके बीच में एक मंद नीली-हरी रोशनी रात की बत्ती की तरह तैर रही थी। उस बरतन के गिर्द वह फर्श पर लेटा आदमी तीन बार बल खाते हुए रेंगा। मुझे नहीं पता कि उसने यह कैसे किया। मुझे उसकी रीढ़ पर उसकी मांसपेशियाँ थरथराती और फिर सामान्य हालत में लौटती दिखाई दीं; मगर इसके अलावा और कोई हरकत मैं नहीं देख सका। उसका बस सिर ही था, जो सजीव दिखाई दे रहा था, वरना तो उसकी पीठ की मांसपेशियों का सिकुड़ना और फैलना ही था। पलंग पर जानू एक मिनट में सत्तर साँसें ले रही थी। अजीजन ने अपने हाथों से अपनी आँखें ढाँप रखी थीं और बूढ़ा सद्धू अपनी सफेद दाढ़ी में घुस आई धूल में उँगलियाँ फिरा रहा था और खुद-ब-खुद रोए जा रहा था। इसमें दहशत की बात यह थी कि वह रेंगने-रपटनेवाला जीव कोई आवाज नहीं निकाल रहा था—बस, रेंग रहा था। और याद रखें, यह दस मिनट चला। इस बीच वह छोटा शिकारी कुत्ता गुर्राता रहा, अजीजन काँपती रही और जानू हाँफती रही और सद्धू रोता रहा।

मैंने महसूस किया, मेरे रोम खड़े हो गए थे और मेरा दिल धौंकनी की तरह चल रहा था। किस्मत से उस सील काटनेवाले ने अपनी बेहद असरदार चाल को अपने आप उजागर कर दिया और मैं फिर से शांत हो गया। जब उसने अपनी वह न बताने लायक तिहरी रेंगती चाल पूरी कर ली तो उसने अपने सिर को फर्श से इतना ऊपर उठा लिया जितना वह उठा सकता था और अपने नथनों से उसने आग की एक फुहार छोड़ी। अब मुझे पता है कि आग कैसे उगली जाती है। मैं खुद इसे कर सकता हूँ और इसलिए मुझे परेशानी नहीं हुई। यह सारा गोरख-धंधा ही एक धोखा था। अगर वह उस रेंगने तक ही सीमित रहा होता और उसने ज्यादा असर डालने की कोशिश न की होती तो पता नहीं मैं क्या नहीं सोचता। दोनों लड़कियाँ आग की फुहार देखकर चीख पड़ीं और उसका सिर एक आवाज के साथ ठुड्डी के बल नीचे आ गया और फिर उसका पूरा शरीर एक लाश की तरह पड़ा था। उसके हाथ बँधे थे।

इसके बाद पूरे पाँच मिनट तक कुछ नहीं हुआ और फिर वह नीली-हरी

लौ बुझ गई। जानू अपनी एक पायल ठीक करने को झुकी और अजीजन ने अपना मुँह दीवार की तरफ घुमा लिया तथा कुत्ते को अपने हाथों में ले लिया। सद्धू ने अपना एक हाथ अनायास ही जानू के हुक्के की तरफ बढ़ाया और जानू ने अपने पैरों से उसे फर्श पर उसकी तरफ सरका दिया। शरीर के ठीक ऊपर दीवार पर ठप्पा लगे कागज के चौखटे में वेल्स के राजकुमार और रानी की दो तसवीरें थीं। वे यह सब होता देख रहे थे और मैं सोचता हूँ कि इससे उस सबका बेढबपन चरम पर पहुँच गया था।

जब यह खामोशी असहनीय होने ही लगी थी, तभी शरीर ने करवट ली और वह उस बरतन से लुढ़कता हुआ कमरे की दीवार तक चला गया और वहाँ पीठ के बल पड़ गया। बरतन से ठीक वैसी ही मंद आवाज हुई जैसी मछली के उछलने से होती है और उसके बीच वह हरी लौ फिर से जल गई।

मैंने उस बरतन को देखा और मुझे उसमें एक देसी बच्चे का डूबता-उतराता, सूखा, मुरझाया, काला सिर दिखाई दिया। उसकी आँखें खुली थीं, मुँह खुला था और खोपड़ी गंजी थी। यह मंजर इतना अचानक होने की वजह से रेंगने की उस नुमाइश से बदतर था। उसने बोलना शुरू किया, इससे पहले कुछ कहने को हमारे पास समय ही नहीं था।

वशीकरण के शिकार मरते आदमी के मुँह से निकलती आवाज के बारे में पो का बखान सुनिए और आपको उस सिर की आवाज में उससे आधी से भी कम दहशत महसूस होगी।

हर शब्द के बीच एक या दो सेकंड का अंतराल था और उस आवाज में एक घंटी के जैसी 'टन, टन, टन' की आवाज थी। वह धीमे-धीमे बज रही थी, मानो अपने आपसे बोल रही हो। वह कई मिनट तक चलती रही और तब जाकर मुझे अपने ठंडे पसीने से छुटकारा मिला। फिर मुझे इसका हल सूझा। मैंने दरवाजे के रास्ते पर पड़े शरीर को देखा और देखा कि जहाँ गले का गड्ढेदार हिस्सा कंधों से मिलता है, ठीक वहीं एक मांसपेशी लगातार फड़क रही थी, जिसका किसी इनसान के नियमित साँस लेने से कोई सरोकार नहीं था। यह पूरा तमाशा मिस्रियों के उस अनुष्ठान की चालाक नकल थी, जिनके बारे में कभी-कभार पढ़ने को मिल जाता है और वह आवाज तो बस मुँह बंद

रखकर बोल्ने के हुनर का एक भयंकर नमूना था। इस पूरे समय वह सिर बरतन की दीवार पर छपाछप करता रहा और बोलता रहा। फिर से औंधे मुँह कराहते सद्धू को उसने उसके बेटे की बीमारी के बारे में और उस रात की शाम तक की उसकी बीमारी की हालत के बारे में बताया। मैं उस सील काटनेवाले की इस बात के लिए हमेशा इज्जत करूँगा कि वह पेशावर से आनेवाले तार संदेशों के समय का इतना ज्यादा खयाल रखता था। उसने आगे यह बताया कि काबिल डॉक्टर उसके बेटे की जिंदगी पर दिन-रात नजर रखे हुए थे और अगर उसने दमदार जादूगर की फीस दुगुनी कर दी, जिसका नौकर वह बरतनवाला सिर था, तो आखिरकार ठीक हो जाएगा।

यहाँ कला के नजरिए से एक गलती हो गई। यह बड़ी भद्दी बात हो गई कि आप ऐसी आवाज में अपनी तयशुदा फीस से दुगुनी रकम की बात करें, जिसका इस्तेमाल मुरदों से उठते समय लाजर ने किया होगा।

मेरी तरह जानू ने भी इसे उतनी ही जल्दी पकड़ लिया, जो सचमुच मर्दाना अकलवाली औरत है। मैंने उसे धीमी आवाज में नफरत से यह कहते सुना, "असली नहीं, फरेब!" और जैसे ही उसने यह कहा, बरतन की वह रोशनी बुझ गई, सिर ने बोलना बंद कर दिया और हमने कमरे के दरवाजे के चरमराने की आवाज सुनी। तब जानू ने माचिस से चिराग जलाया और हमने देखा कि सिर, बरतन और सील काटनेवाला जा चुके थे। सद्धू अपने हाथ मल रहा था और हर सुननेवाले को सफाई दे रहा था कि अगर उसे निजात इसी से मिलनी थी तो वह और दो सौ रुपयों का इंतजाम नहीं कर सकता। अजीजन एक कोने में जैसे उन्माद की स्थिति में थी और जानू इत्मीनान से एक पलंग पर इन संभावनाओं पर बातचीत करने के लिए बैठ गई थी कि क्या यह पूरा खेल बनावटी नहीं था।

सील काटनेवाले की जादूगरी के बारे में जितना मैं जानता था उतना मैंने बताया, मगर उसकी दलील कहीं ज्यादा सरल थी—"जो जादू हमेशा तोहफों की माँग करता है, वह सच्चा जादू नहीं होता।" वह बोली थी, "मेरी माँ ने मुझे बताया था कि प्यार के दमदार जादू वे होते हैं, जो आपको प्यार के लिए बताए जाते हैं। यह सील काटनेवाला आदमी झूठा और शैतान है। मैं इसे बताने

की हिम्मत नहीं कर सकती, चाहे जो भी करो या करवाओ, क्योंकि मैं भगवानदास बनिया की सोने की दो अँगूठियों और एक भारी पायल की कर्जदार हूँ। मुझे अपना खाना उसी की दुकान से लेना होता है। सील काटनेवाला भगवानदास का दोस्त है और वह मेरे खाने में जहर मिला देगा। एक मूर्ख का जादू दस दिनों से चल रहा है और इसमें सद्धू के हर रात कितने ही रुपए निकल चुके हैं। सील काटनेवाला पहले काली मुरगियों, नींबुओं और मंत्रों का इस्तेमाल करता था। आज रात से पहले उसने हमें ऐसा कुछ नहीं दिखाया था। अजीजन तो बेवकूफ है और जल्दी ही वह परदानशीं हो जाएगी। सद्धू की तो ताकत और सूझ-बूझ ही खत्म हो चुकी है। अब देखिए, मैंने सद्धू के जीते-जी उससे बहुत सारे रुपए और उसके मरने के बाद और ज्यादा रुपए पाने की उम्मीद की थी। और देखिए, वह सबकुछ उस गधी और शैतान की औलाद सील काटनेवाले पर खर्च कर रहा है।''

यहाँ मैंने कहा, ''मगर सद्धू ने मुझे इस पचड़े में क्यों घसीटा? बेशक मैं सील काटनेवाले से बात कर सकता हूँ और वह पैसे वापस कर देगा। यह सारा कुछ ही बच्चों जैसी बात है—शर्मनाक और बेतुकी।''

''सद्धू एक बूढ़ा बच्चा है।'' जानू ने कहा, ''वह इन सत्तर सालों से छतों पर रहा है और दुधारू बकरी-सा नासमझ है। वह आपको यहाँ इसलिए लाया, क्योंकि वह अपने लिए यह निश्चित कर लेना चाहता था कि वह सरकार का कोई कानून तो नहीं तोड़ रहा, जिसका नमक उसने सालों पहले खाया था। वह सील काटनेवाले के पैरों की धूल की पूजा करता है और उस गायखोर ने उसे अपने बेटे से मिलने के लिए वहाँ जाने से मना कर दिया है। सद्धू आपके कानूनों या लाइटनिंग पोस्ट के बारे में क्या जानता है? मुझे उसके पैसों को दिन-ब-दिन नीचे उस झूठे जानवर के पास जाते देखना पड़ रहा है।''

जानू फर्श पर पैर पटकने लगी और परेशानी से जैसे रो ही पड़ी; जबकि सद्धू कोने में एक कंबल के नीचे बिसूर रहा था और अजीजन उस मूर्ख बूढ़े के मुँह में हुक्के की नली देने की कोशिश कर रही थी।

अब मामला इस तरह बनता है। मैंने बिना सोचे ही अपने आपको सील काटनेवाले को धोखाधड़ी से पैसा ऐंठने में मदद करने का आरोपी बना लिया है

और जो आई.पी.सी. की धारा 420 में जुर्म करार दिया गया है। मैं इस मामले में इन कारणों से बेबस हूँ। मैं पुलिस को इत्तिला नहीं दे सकता। मेरे बयानों को सही ठहराने के लिए गवाह कहाँ से आएँगे? जानू ने साफ मना कर दिया है और अजीजन बरेली के पास कहीं परदानशीं हो गई है—हमारे इस विशाल भारत में कहीं गुम हो गई है। मुझमें हिम्मत नहीं कि मैं कानून को फिर से अपने हाथों में लूँ और सील काटनेवाले से बात करूँ। चूँकि यह पक्का है कि सद्धू तो मेरा यकीन नहीं ही करेगा, मगर मैंने यदि यह कदम उठाया तो इसका नतीजा यह होगा कि जानू को जहर दे दिया जाएगा, जो सिर से पाँव तक बनिये के कर्ज में बँधी हुई है। सद्धू बुढ़ा गया है और जब कभी हमारी मुलाकात होती है तो वह मेरा वही मूर्खता भरा मजाक दोहराता है कि सरकार काले जादू को रोकती नहीं बल्कि उसे बढ़ावा देती है। उसका बेटा अब ठीक हो गया है। मगर सद्धू पूरी तरह से सील काटनेवाले के प्रभाव में है, जिसकी सलाह से वह अपनी जिंदगी को चलाता है। जानू जिस पैसे को सद्धू से ऐंठना चाहती थी, उसे वह रोज सील काटनेवाले के हाथों में जाते देखती है और रोज-ब-रोज और भी गुस्सा व मायूस होती जाती है।

वह कभी नहीं बताएगी, क्योंकि उसमें इतनी हिम्मत नहीं है। मगर, यदि उसे रोका नहीं गया तो मुझे डर है कि वह सील काटनेवाला मई के बीच में कभी सफेद आर्सेनिक किस्म के हैजे से मर जाएगा और इस तरह मैं सद्धू के मकान में एक हत्या का सहभागी बन जाऊँगा।

❑

7

नन्हा टोबरा

जैसा कि अंग्रेजी अखबार कहते हैं, 'कैदी का सिर कठघरे की ऊँचाई तक नहीं पहुँचा।' वैसे इस मामले की खबर इसलिए नहीं दी गई, क्योंकि वह जो नन्हा टोबरा है, उसकी जिंदगी या मौत की किसी को रत्ती भर भी परवाह नहीं थी। अदालत की लाल इमारत में सलाहकार उसे लेकर गरमी की लंबी दोपहर भर बैठे रहे और उन्होंने जब भी उससे कोई सवाल किया, वह सलाम करता और बिसूरने लगता था। उन्होंने फैसला दिया कि सबूत से किसी नतीजे पर नहीं पहुँचा जा सकता और उनकी इस बात से जज ने भी सहमति जताई। यह सच था कि यह जो नन्हा टोबरा था, उसकी बहन की लाश कुएँ की तलहटी में मिली थी और उस समय आधा मील के दायरे में अकेला नन्हा टोबरा ही था और कोई इनसान नहीं था। मगर यह भी हो सकता है कि बच्ची दुर्घटनावश कुएँ में गिर गई हो। इसलिए वह जो नन्हा टोबरा था, उसे छोड़ दिया गया और उससे कहा गया कि वह जहाँ चाहे वहाँ जा सकता है। यह इजाजत सुनने में तो बड़ी दयालुता भरी थी, मगर वास्तव में थी नहीं; क्योंकि ऐसी कोई जगह नहीं थी जहाँ वह चला जाता। खाने-पीने को कुछ खास नहीं था, जिसे वह खा लेता और पहनने को कुछ नहीं था, जो वह पहन लेता।

वह अदालत परिसर से निकल गया और कुएँ की मुँडेर पर बैठकर हैरानी में यह सोचने लगा कि नीचे जो काला पानी है, उसमें नाकाम गोता लगा देने से उस दूसरे काला पानी में जबरन सफर करना पड़ सकता है। एक साईस ने आकर ईंटों पर एक खाली टोबरा रख दिया और भूखा नन्हा टोबरा उसमें से वह गीला अनाज खुरचने में जुट गया, जो घोड़े से छूट गया था।

''अरे चोर, और अभी-अभी कानून के खौफ से आजाद किए गए। चलो!'' साईस ने कहा। और वह जो नन्हा टोबरा था, उसे वह साईस कान पकड़कर एक बड़े मोटे अंग्रेज के पास ले गया, जिसने चोरी की कहानी सुनी।

''हाँ।'' उस अंग्रेज ने तीन बार कहा (बस, उसने एक कड़ा शब्द कहा)। ''इसे जाल में डालो और घर ले जाओ।''

इस तरह वह जो नन्हा टोबरा था, उसे गाड़ी के जाल में डालकर उस अंग्रेज के घर ले जाया गया।

इसमें कोई शक नहीं कि उसके साथ सुअरों जैसा बरताव होना था।

''हाँ!'' उस अंग्रेज ने पहले की तरह ही कहा। ''गीला अनाज, कसम से! इस नन्हे भिखारी को तुममें से कोई कुछ खिलाओ और हम उसे घुड़सवारी में अपना नौकर बनाएँगे! देखा! गीला अनाज, कसम से।''

''अपने बारे में बताओ।'' खाना खत्म हो जाने के बाद मुख्य साईस ने नन्हे टोबरा से कहा और नौकर लोग मकान के पीछे बने अपने क्वार्टरों में आराम से पड़े थे।

''तुम साईस जाति के तो हो नहीं, अगर पेट की खातिर हो तो और बात है। तुम कचहरी में कैसे आए और क्यों? जवाब दो शैतान के बच्चे?''

''खाने को इतना था नहीं।'' नन्हा टोबरा खामोशी से बोला, ''यह अच्छी जगह है।''

''सीधी बात करो।'' मुख्य साईस ने कहा,''नहीं तो मैं तुमसे उस बड़े लाल घोड़े के अस्तबल की सफाई करवाऊँगा, जो ऊँट की तरह काटता है।''

''हम तेली होते हैं, तेल निकालनेवाले।'' मिट्टी में अपने पैरों की उँगलियाँ खुजाता हुआ नन्हा टोबरा बोला, ''हम तेली थे—मेरा बाप, मेरी माँ, मेरा भाई मुझसे चार साल बड़ा, मैं और बहन।''

''वही, जो कुएँ में मरी मिली थी?'' एक ने कहा, जिसने मुकदमे के बारे में कुछ सुन रखा था।

''हाँ,'' नन्हा टोबरा गंभीरता से बोला, ''वही, जो कुएँ में मरी मिली थी। यह उस समय हुआ, जो मुझे याद नहीं है कि बीमारी उस गाँव में आई जहाँ हमारा कोल्हू लगा था और पहली शिकार मेरी बहन की आँखें हुईं और वह अंधी हो गई, क्योंकि यह माता चेचक थी। उसके बाद मेरा बाप और मेरी माँ उसी बीमारी में मारे गए और इस तरह हम अकेले रह गए—मेरा भाई, जो बारह साल का था, मैं, जो आठ का था और बहन, जो देख नहीं सकती थी। फिर भी, बैल व कोल्हू बचे हुए थे और हम बारी-बारी से पहले की तरह तेल पेरते रहे। मगर अनाज बेचने वाले सुरजनदास ने लेन-देन में हमसे धोखा किया और हमारा बैल हमेशा से अड़ियल था। हम देवताओं के लिए बैल के गले में और छत से निकलते कोल्हू के डंडे में गेंदा के फूल डालते थे; मगर उससे हमें कुछ भी नहीं मिला और सुरजन दास एक कठोर आदमी था।''

''बाप रे बाप!'' साईसों की औरतें बुदबुदाईं, ''एक बच्चे से ऐसा धोखा! मगर हमें पता है कि ये बनिया लोग कैसे होते हैं, बहन।''

''कोल्हू पुराना था और हम मजबूत लोग नहीं थे—मेरा भाई और मैं, और न ही हम उस भारी डंडे को मजबूती से बाँध पाए।''

''सच में नहीं।'' मुख्य साईस की बनी-ठनी बीवी ने मंडली में शामिल होते हुए कहा, ''वह तो एक मजबूत आदमी का काम है। जब मैं अपने पिता के घर में कुवाँरी होती थी...''

''शांत हो जाओ, औरतो!'' मुख्य साईस ने कहा, ''आगे बताओ, लड़के।''

''कुछ नहीं।'' नन्हा टोबरा बोला, ''वह बड़ा डंडा एक दिन छत को तोड़ता आ गिरा, जिसकी मुझे याद नहीं है और छत के साथ ही पिछली दीवार का एक बड़ा हिस्सा गिर गया और दोनों इकट्ठे हमारे बैल पर गिरे और उसकी पीठ टूट गई। इस तरह न हमारे पास घर रहा, न कोल्हू रहा, न ही बैल रहा—मेरा भाई, मैं और अंधी बहन बची। हम रोते हुए उस जगह से निकल आए। हम हाथ में हाथ डाले खेतों से होते हुए चल दिए और हमारे पास बस सात आने और छह पैसे थे। उस जगह अकाल था। मुझे जगह का नाम नहीं

पता। तो एक रात जब हम सो रहे थे, हमारे बचे-खुचे पाँच आने लेकर वह भाग गय। मुझे नहीं पता, वह किधर गया। मेरे बाप का शाप उस पर पड़े। मगर मैं और मेरी बहन गाँवों में भीख माँगते फिरे और किसी ने हमें भीख नहीं दी। सबने बस यही कहा—'अंग्रेजों के पास जाओ, वे देंगे।' मुझे नहीं पता था कि अंग्रेज कौन होते हैं; मगर उन्होंने कहा, 'वे सफेद होते हैं और तंबुओं में रहते हैं।' मैं आगे बढ़ गया; मगर मैं नहीं बता सकता, मैं किधर गया। मेरे या मेरी बहन के लिए खाने को कुछ भी नहीं रहा।

एक गरम रात को हम एक कुएँ पर आए। वह रो रही थी और खाने के लिए गुहर लगा रही थी। मैंने उसे मुंडेर पर बैठने के लिए कहा और उसे कुएँ में धकेल दिया, क्योंकि सच में वह देख तो सकती नहीं थी और भूखे रहने से अच्छा है, मर जाना।

"हाय, हाय!" साईसों की बीवियाँ एक साथ विलाप कर उठीं, "उसने उसे इसलिए कुएँ में धकेल दिया, क्योंकि भूखे रहने से अच्छा है मर जाना।"

"मैं खुद भी कूद जाता, मगर वह मरी नहीं थी और कुएँ की तलहटी से मुझे आवाज दे रही थी। तब मैं डर गया और वहाँ से भाग गया। और फसल से एक आदमी निकलकर आया और बोला कि मैंने उसे मार दिया है और कुएँ को गंदा कर दिया है। फिर वे मुझे एक अंग्रेज के पास ले गए, जो सफेद व भयंकर था और एक तंबू में रहता था और मुझे उसने यहाँ भेज दिय। मगर कोई गवाह नहीं था और भूखे रहने से अच्छा है मर जाना। फिर अपनी आँखों से देख भी नहीं सकती थी। वह एक नन्ही बच्ची ही तो थी।"

"नन्हीं बच्ची ही तो थी।" मुख्य साईस की बीवी ने उसकी बात दोहराई। "मगर तू कौन है, चिड़िया-सा कमजोर और एक दिन के बछड़े-सा छोटा तू क्या है?"

"मैं जो खाली था, अब भर गया हूँ।" नन्हा टोबरा मिट्टी में पसरकर बोला। "और अब मैं सोऊँगा।"

साईस की बीवी ने उस पर एक कपड़ा डाल दिया और नन्हा टोबरा एक न्यायी की नींद सो गया।

□

४

झूठा सवेरा

आज रात ईश्वर जाने क्या होना है,
त्रस्त है धरती अचेत है—
नवागंतुक की आशा, निद्रा-विहीन है, खुले नयन हैं;
और यहाँ हम जो धरती की रचना हैं,
रोमांचित हैं अपनी ही माँ की पीड़ा से।

—इन ड्यूरेंस

इस कहानी की सच्चाई का कभी किसी को पता नहीं चलने वाला, हालाँकि शायद औरतें किसी नाच के बाद रात के लिए अपने बाल सँवारते समय और शिकारों की सूचियों का मिलान करते हुए इस बारे में कानाफूसी कर सकती हैं। सच है, कोई मर्द तो इन जलसों में कोई मदद कर नहीं सकता। इसलिए इस किस्से को बाहर से ही बताना होगा—अँधेरे में—बिल्कुल गलत।

आप कभी किसी बहन की तारीफ उसकी बहन से इस उम्मीद में न करें कि आपकी प्रशंसा के शब्द सही कानों तक पहुँच जाएँगे और बाद के लिए आपका रास्ता साफ हो जाएगा। बहनें पहले औरतें होती हैं और बहनें बाद में;

और आपको पता चलेगा कि आपने अपना नुकसान कर लिया।

सौमरेज ने जब बड़ी मिस कोपले से शादी का निवेदन करने का मन बनाया तो उसे इस बात का इल्म था। सौमरेज भी अजीब आदमी था, और आदमियों को उसमें कोई खूबी नजर नहीं आती थी; हालाँकि औरतों में उसकी खूब पूछ थी। वह सिविलियन था। बहुत सारी औरतें उसमें शायद इसलिए दिलचस्पी लेती थीं कि उनकी नजरों में उसके रंग-ढंग परेशान करनेवाले थे। अगर आप पहली ही मुलाकात में टट्टू की नाक पर मार दें तो हो सकता है, वह आपको पसंद न करे; मगर उसके बाद वह आपकी हर हरकत में गहरी दिलचस्पी जरूर लेगा। बड़ी मिस कोपले अच्छी, गोल-मटोल, दिल जीत लेनेवाली और प्यारी थी। छोटी इतनी प्यारी नहीं थी। और उसके ढंग बिदकानेवाले थे और उनमें कोई कशिश नहीं थी। दोनों ही लड़कियों का जिस्म एक जैसा था और देखने-सुनने व बोलने-चालने में उनमें एक अजीब समानता थी; हालाँकि इस बारे में किसी से पल भर को भी यह गलती नहीं हो सकती कि उनमें ज्यादा अच्छी कौन सी थी।

जब वे बिहार से इस स्टेशन पर आई थीं, तभी सौमरेज ने यह मन बना लिया था कि वह बड़ीवाली से शादी करेगा। कम-से-कम हम सबने तो यह निश्चित कर लिया था कि वह ऐसा ही करेगा। और ये दोनों एक ही बात है। वह बाईस की थी और सौमरेज तैंतीस का और करीब उसे चौदह सौ रुपए हर माह तनख्वाह व भत्ते के मिलते थे। इस तरह हमारे हिसाब से जोड़ी हर तरह से अच्छी थी। और जैसा कि कभी किसी आदमी ने कहा था, सौमरेज उसका नाम था और सरसरी काररवाई करना उसका स्वभाव था। अपना प्रस्ताव तैयार करने के बाद उसने उस पर विचार करने के लिए एक सदस्यवाली एक विशेष समिति बनाई और अपना समय लेने का फैसला किया। हमारी अपनी अरुचिकर भाषा में ये कोपले बहनें 'जोड़े में शिकार करती थीं'। यानी एक के बगैर आप दूसरे का कुछ नहीं कर सकते थे। वे बहुत प्यार करनेवाली बहनें थीं। मगर एक-दूसरे के लिए उनका प्यार कभी-कभी अड़चन भी पैदा कर देता था। सौमरेज उन्हें सही तरह से साधे रखता था और बस, वही था जो यह कह सकता था कि उसका दिली झुकाव किस तरफ है; हालाँकि और सब अंदाजा

ही लगाते रहते थे। वह उनके साथ खूब घुड़सवारी करता और उनके साथ नाचता भी था; मगर वह उन्हें काफी समय के लिए एक-दूसरे से कभी अलग नहीं कर पाया।

औरतों का कहना था कि ये लड़कियाँ इसलिए हमेशा साथ-साथ रहती थीं, क्योंकि वे एक-दूसरे पर बहुत शक करती थीं कि कहीं दूसरी उससे आगे न निकल जाए। मगर उसका आदमी से कोई लेना-देना नहीं। सौमरेज अच्छे और बुरे में भी बस खामोश रहता था और अपनी तरफ से वह बस अपने काम पर ध्यान देता था। वह अपने काम और पोलो का उचित सम्मान करता था। इसमें कोई शक नहीं था कि दोनों ही लड़कियाँ उसे पसंद करती थीं।

अब गरमी का मौसम नजदीक आने लगा और सौमरेज ने कोई संकेत नहीं दिया तो औरतें कहने लगीं कि लड़कियों की आँखों में उनकी अपनी परेशानी साफ झलकने लगी थी। वे तनाव में, चिंतित और चिड़चिड़ी दिख रही थीं। अगर आदमी में मर्दानापन ज्यादा हो और औरतपन कम तो वे इन मामलों में बिल्कुल अंधे बने रहते हैं और अगर उनमें औरतपन ज्यादा है तो फिर इससे कोई फर्क नहीं पड़ता कि वे क्या कहते हैं और क्या सोचते हैं। मेरा मानना है कि कोपले बहनों के गालों की रंगत अप्रैल के गरम दिनों ने उड़ाई थी। उन्हें इससे पहले ही पहाड़ों पर भेज देना चाहिए था। जब गरम मौसम आ रहा हो तो कोई भी शख्स—चाहे वह आदमी हो या औरत—फरिश्ता नहीं रह जाता। छोटी बहन के व्यवहार में कड़वाहट नहीं तो सनकीपन तो आ ही गया था और बड़ी बहन की दिल जीतनेवाली अदा फीकी पड़ गई थी। अब उसे इसके लिए जोर लगाना पड़ता था।

वैसे, जिस स्टेशन पर यह सब हो रहा था वह कोई छोटा-मोटा स्टेशन नहीं था। फिर भी, यह रेलवे लाइन से हटकर होने से उपेक्षा का शिकार था। यहाँ न कोई बाग-बगीचे थे, न कोई खास बैंड-बाजे या मनोरंजन। और नाच के लिए लाहौर जाने में यहाँ से करीब एक दिन लग जाता था। लोग इस बात का अहसान मानते थे कि उन्हें छोटी-छोटी चीजों में ही दिलचस्पी थी।

मई की शुरुआत के आसपास और पहाड़ जानेवालों की आखिरी निकासी से ठीक पहले की बात है। मौसम बहुत गरम था और स्टेशन में बीस से

अधिक लोग नहीं रह गए थे। सौमरेज ने छह मील की दूरी पर नदी के किनारे बने एक पुराने मकबरे पर चाँदनी रात में घुड़सवारी की पिकनिक दी। यह 'नूह की किश्ती' वाली पिकनिक थी (जिसमें सब जोड़े से शामिल होने थे)। और इसमें वही आम बंदोबस्त रखा गया था कि धूल की वजह से हर जोड़े के बीच एक-चौथाई मील का फासला होगा। इसमें कुल छह जोड़े आए, जिनमें संरक्षिकाएँ भी शामिल थीं। चाँदनी रात की पिकनिकें मौसम के ठीक आखिर में काम की होती हैं, जब सारी लड़कियाँ पहाड़ों पर जानेवाली होती हैं। इन पिकनिकों से आपसी समझ बनती है और संरक्षिकाओं को, खासकर उन संरक्षिकाओं को इन्हें बढ़ावा देना चाहिए, जिनकी लड़कियाँ घुड़सवारी की पोशाक में सबसे प्यारी दिखती हैं। मुझे एक बार का किस्सा याद है। मगर वह एक अलग कहानी है। उस पिकनिक को 'ग्रेट पॉप पिकनिक' का नाम दिया गया था, क्योंकि सभी जानते थे कि तब सौमरेज बड़ीवाली मिस कोपले से शादी का निवेदन करेगा। उसके अलावा, एक और संबंध था और शायद उसे भी खुशी मिल सकती थी। सामाजिक माहौल में बहुत उत्सुकता थी और उसे दूर करना जरूरी था।

हम दस बजे परेड मैदान पर मिले। रात बेहद गरम थी। थोड़े आराम से चलते हुए भी पसीने में थे; मगर इससे तो बेहतर था कि हम अपने अँधेरे मकानों में खामोश बैठे रहते। जब हम पूर्णिमा की चाँदनी में निकले थे तो हम चार जोड़े थे, एक तिकड़ी और मैं था। सौमरेज उन कोपले बहनों के साथ घोड़े पर चल रहा था और मैं काफिले में सबसे पीछे चल रहा था और हैरान होकर सोच रहा था कि सौमरेज किसके साथ घर वापस जाएगा। सभी खुश और संतुष्ट थे; मगर यह तो हम सबको पता था कि बहुत कुछ होने को था। हम घोड़ों पर धीरे-धीरे चल रहे थे। पुराने मकबरे तक पहुँचते-पहुँचते करीब-करीब आधी रात हो चली थी। यह खँडहर हो चले तालाब के सामने उजाड़ बागों में था, जहाँ हम खाने-पीने वाले थे। मुझे आने में देर हो गई थी और मेरे बगीचे में जाने से पहले मैंने देखा कि उत्तर की ओर क्षितिज पर एक धुँधला धूसर रंग का पंख था। मगर इस पिकनिक जैसे बढ़िया बंदोबस्तवाले मनोरंजन को बेकार करने के लिए किसी ने मुझे शुक्रिया न कहा होता—और कोई धूल

भरा तूफान, कमोबेश, कोई ज्यादा नुकसान नहीं करता है।

हम तालाब के पास जमा हुए। किसी ने एक बैंजो निकाल लिया था, जो बहुत जज्बाती बाजा है—और हममें से तीन-चार लोग गाने लगे। आपको इस पर हँसने की जरूरत नहीं है। जो स्टेशन हटकर हैं, वहाँ हमारे मनोरंजन सचमुच बहुत कम हैं। फिर हम पेड़ों के नीचे लेटे, झुंड में या इकट्ठे बतियाने लगे। धूप-सिंके गुलाब हमारे पैरों पर अपनी पंखुड़ियाँ गिरा रहे थे। फिर खाना तैयार हो गया। सुंदर खाना था, आपके मन-मुताबिक ठंडा और बरफीला। और, हम देर तक खाने पर डटे रहे।

मुझे एहसास हो गया था कि हवा और भी गरम होती जा रही थी; मगर और लोगों ने इस पर शायद तब गौर किया जब चाँद छिप गया और एक जलती हुई गरम हवा समुद्र के शोर जैसी आवाज के साथ संतरे के पेड़ों को थपेड़े मारने लगी। अभी हम समझ ही रहे थे कि हम कहाँ हैं कि धूल भरे तूफान ने हमें आ घेरा और सबकुछ एक गरजता, उमड़ता अँधेरा था। खाने की मेज उड़कर तालाब में जा गिरी। हमें पुराने मकबरे के आस-पास कहीं भी रहने से डर लग रहा था कि कहीं यह भी न नीचे आ जाए। इसलिए हम रास्ता टटोलते हुए संतरे के पेड़ों की तरफ बढ़े, जहाँ घोड़ों को बाँधा हुआ था और वहाँ तूफान थमने का इंतजार करने लगे। और फिर बची-खुची थोड़ी रोशनी भी जाती रही तथा हाथ को हाथ सुझाई देना बंद हो गया। हवा नदी किनारे से उड़ी धूल और रेत से भारी हो गई थी और वह जूतों व जेबों में भर गई थी और गरदन तक चली गई थी। भौंहों और मूँछों पर जम गई थी। यह उस साल का एक सबसे खराब तूफान था। हम सबके सब काँपते घोड़ों के पास सटकर बैठ गए थे और हमारे सिरों के ऊपर जोर की गरज हो रही थी। बिजली ऐसे कड़क रही थी जैसे बाँध से छूटा पानी बहता है, एकबारगी हर तरफ। खतरा तो सचमुच कोई नहीं था, बशर्ते कि घोड़े ही छूटकर न भाग जाएँ। मैं सिर झुकाए खड़ा था। मेरे हाथ मेरे मुँह पर थे और मैं सुन रहा था कि कैसे पेड़ एक-दूसरे को चपेट रहे थे। मुझे दिख नहीं पा रहा था कि मेरी बगल में कौन है। फिर चमक हुई। तब मुझे पता चला कि मैं सौमरेज और सबसे बड़ी मिस कोपले के पास था और मेरा अपना घोड़ा ठीक मेरे सामने था। मैंने सबसे बड़ी मिस कोपले को इसलिए

पहचान लिया, क्योंकि उसके हेलमेट पर पगड़ी बँधी होती थी, जबकि छोटी मिस कोपले के साथ ऐसा नहीं था। हवा की सारी बिजली मेरे शरीर में घुस गई थी और सिर से पाँवों तक कँपकँपी व झुनझुनी हो रही थी—ठीक जैसे मक्का के साथ होता है। बहुत जबरदस्त तूफान था वह। ऐसा लग रहा था कि हवा मिट्टी के बड़े-बड़े ढेर उठाकर दूर फेंक रही थी और ताप जमीन से इस तरह उठ रहा था जैसे प्रलय के दिन का हो।

पहले आधे घंटे के बाद तूफान थोड़ा शांत पड़ा और मैंने अपने कान के पास एक धीमी, निराशा भरी आवाज सुनी, जो अपने आप में खामोशी और आहिस्ता से इस तरह बोल रही थी जैसे कोई खोई आत्मा हवा के साथ उड़ रही हो, "हे ईश्वर!"

फिर छोटी मिस कोपले मेरी बाँहों में आ गिरी और बोली, "मेरा घोड़ा कहाँ है? मेरा घोड़ा लाओ। मैं घर जाना चाहती हूँ। मैं घर जाना चाहती हूँ। मुझे घर ले चलो।"

मैंने सोचा कि वह बिजली और घनघोर अँधेरे से डर गई थी। इसलिए मैंने उससे कहा कि खतरे की कोई बात नहीं है; मगर उसे तूफान थमने का इंतजार करना होगा। वह बोली, "यह बात नहीं है। मैं घर जाना चाहती हूँ। ओह, मुझे यहाँ से ले चलो।"

मैंने उससे कहा कि "तुम रोशनी होने तक नहीं जा सकतीं।"

मगर मैंने महसूस किया कि वह मुझसे छूती हुई निकली और चली गई। अँधेरा इतना था कि मैं देख ही नहीं पाया कि वह कहाँ गई। फिर समूचा आसमान एक जबरदस्त चमक के साथ इस तरह फट पड़ा मानो दुनिया का अंत होने जा रहा हो और सारी औरतें चीख पड़ीं।

इसके लगभग बिल्कुल बाद मैंने अपने कंधे पर किसी आदमी के हाथ का स्पर्श महसूस किया और अपने कान में सौमरेज की आवाज सुनी। पेड़ों की खड़खड़ाहट और हवा की हुंकार के बीच मुझे उसकी बात तुरंत समझ में नहीं आई; मगर फिर मैंने उसे कहते सुना, "मैंने गलत वाली से शादी का निवेदन कर दिया है! अब मैं क्या करूँ?"

मुझमें यह विश्वास जताने का सौमरेज का कोई मौका नहीं था। मैं कभी

उसका दोस्त नहीं रहा, अब भी नहीं हूँ; मगर मुझे लगता है कि उस समय न वह आपे में था, न मैं। वह वहाँ खड़ा उत्तेजना में काँप रहा था और मेरे तो जैसे पूरे शरीर में बिजली तड़प रही थी। मेरी समझ में और कुछ नहीं आया, मैं बस इतना कह पाया, ''तुमने यह तो और बेवकूफी की कि तूफान में निवेदन किया।'' लेकिन मैं यह नहीं समझ रहा था कि इससे उसकी गलती कैसे सुधरेगी।

फिर वह चिल्लाया, ''ईडिथ कहाँ है—ईडिथ कोपले?''

ईडिथ छोटी बहन थी। मैंने आश्चर्य से जवाब दिया, ''उससे तुम्हें क्या चाहिए?'' अगले दो मिनटों तक वह और मैं पागलों की तरह एक-दूसरे पर चिल्लाते रहे। वह कसम खाकर कह रहा था कि वह हमेशा छोटी बहन से ही शादी का निवेदन करना चाहता था और मैंने यह कह-कहकर अपना गला बैठा लिया कि उससे जरूर कोई गलती हुई है। मैं उसकी भी और कोई वजह नहीं बता सकता, सिवाय इसके कि हम दोनों ही आपे में नहीं थे। सबकुछ मुझे एक खराब सपने जैसा लग रहा था—अँधेरे में घोड़ों के पैर पटकने से लेकर सौमरेज का मुझे यह कहानी बताना कि वह शुरू से ही ईडिथ कोपले से प्यार करता था। वह अब भी मेरे कंधे को पकड़े हुए था और मुझसे यह बताने की इल्तिजा कर रहा था कि ईडिथ कहाँ है, कि तभी फिर तूफान थोड़ी देर के लिए शांत हुआ और उसके साथ रोशनी भी हो गई। और हमने अपने सामने मैदान पर धूल का बादल बनते देखा। इस तरह हम समझ गए कि जो बुरा था वह बीत चुका था। चाँद नीचे आ गया था और बस, झूठे सवेरे की वह झिलमिलाहट मौजूद थी, जो असली सवेरे से करीब एक घंटे पहले आती है। मगर रोशनी बहुत धीमी थी और धूसर बादल किसी साँड़ की तरह दहाड़ रहा था। मैं यह सोचकर हैरान हो रहा था कि आखिर ईडिथ कोपले गई कहाँ! और जब मैं यह सोचकर हैरान हो रहा था तो मैंने एक साथ तीन चीजें देखीं—पहली, मॉड कोपले का चेहरा अँधेरे से मुसकराता हुआ निकला और वह मेरे पास खड़े सौमरेज की तरफ बढ़ा। मैंने उसे बहुत धीमी आवाज में कहते सुना, ''जॉर्ज!'' और उसकी बाँह सौमरेज की उस बाँह में आई, जो मेरे कंधे को पकड़े थी और मैंने उसके चेहरे पर वह भाव देखा, जो पूरी जिंदगी में एक या दो बार ही आता

है—जब कोई औरत बहुत खुश होती है और हवा में बाजों की गूँज तथा भव्य अग्नि होती है और धरती जब बादल का रूप ले लेती है; क्योंकि वह प्यार करती है और प्यार पाती है। उसी समय मैंने मॉड कोपले की आवाज सुनते सौमरेज के चेहरे को देखा और संतरे के पेड़ों के झुरमुट से पचास गज की दूरी पर एक भूरी हॉलैंड पोशाक को एक घोड़े पर सवार होते देखा।

यह जरूर मेरी अति उत्तेजना की हालत रही होगी कि मैं उस लफड़े में पड़ने को तैयार हो गया, जिससे मेरा कोई लेना-देना नहीं था। सौमरेज उस पोशाक की तरफ बढ़ रहा था, मगर मैंने उसे धक्का देकर पीछे कर दिया और कहा, "यहीं रुको और सबकुछ साफ-साफ बता दो। मैं उसे लेकर आता हूँ!" और मैं अपने घोड़े की तरफ दौड़ा। मेरी यह धारणा बिल्कुल गलत थी कि सबकुछ सलीके से तथा व्यवस्थित ढंग से करना चाहिए और यह भी कि सौमरेज की पहली चिंता थी मॉड कोपले के चेहरे से वह खुशी का भाव मिटाना। और जब तक मैं लगाम की जंजीर को जोड़ता रहा, यही सोच-सोचकर हैरान होता रहा कि वह यह करेगा कैसे।

मैं अपने घोड़े पर मध्यम चाल से ईडिथ कोपले के पीछे चल दिया। मैं सोच रहा कि उसे धीरे-धीरे किसी-न-किसी बहाने से वापस ले आऊँगा; मगर मुझे देखते ही उसने अपने घोड़े को सरपट दौड़ा दिया और मुझे उसके पीछे भागना पड़ा। उसने पलटकर पुकारा, "चले जाओ! मैं घर जा रही हूँ। चले जाओ!"

वह दो-तीन बार ऐसे ही चिल्लाई; मगर मेरा काम था, पहले उसे पकड़ना और बाद में बहस करना। यह घुड़सवारी बाकी सपने के मुताबिक थी। जमीन बहुत ऊबड़-खाबड़ थी और रह-रहकर हमें भागते तूफान के घेरों में उमड़ते, दम घोटते 'धूल के शैतानों' के बीच से दौड़ना पड़ रहा था। एक जलती गरम हवा चल रही थी, जो अपने साथ बासी ईंट भट्ठों की बदबू को बहाकर ला रही थी। मंद रोशनी के बीच से, धूल के शैतानों के बीच से, उजाड़ मैदान के पार, भूरे घोड़े पर सवार वह हॉलैंड पोशाक झिलमिला रही थी। पहले वह स्टेशन की तरफ बढ़ी, फिर घूमकर जली हुई जंगली घास की क्यारियों से होती हुई नदी की तरफ चल दी, जो सुअर की सवारी के लिए भी मुश्किल था।

अपने होशो-हवास में मैं ऐसी जगह में रात में निकलने के बारे में सपने में भी नहीं सोचता। मगर यह बिल्कुल सही और स्वाभाविक लग रहा था। ऊपर बिजली कड़क रही थी और मेरे नथनों में नरक जैसी दुर्गंध आ रही थी। मैं घोड़े को भगा रहा था और चिल्ला रहा था। वह आगे झुककर अपने घोड़े पर कोड़ा फटकार रही थी और धूल भरे तूफान के बाद की स्थिति आ गई थी और उसने हम दोनों को पकड़ लिया था और कागज के टुकड़ों की तरह हमें हवा की दिशा में ले गई थी।

मुझे नहीं पता कि हम ऐसे कितनी दूर चलते चले गए। मगर, लग रहा था कि घोड़ों के टापों की धमक, हवा की गरज और पीली धुंध में होकर मंद खूनी लाल चंद्रमा की दौड़ कितने ही बरसों से ऐसे ही चल रही थी। तभी मैं अपने हेलमेट से लेकर गेटिस तक भीग गया था। तभी वह भूरा घोड़ा लड़खड़ाया, सँभला और लँगड़ाकर रुक गया। मेरा घोड़ा बिल्कुल पस्त हो गया था। ईडिथ कोपले नंगे सिर थी, धूल में सनी थी और फूट-फूटकर रो रही थी।

''मुझे अकेला क्यों नहीं छोड़ सकते तुम?'' वह बोली, ''मैं बस, वहाँ से निकलना चाहती थी और घर जाना चाहती थी। देखो, मेहरबानी करके मुझे जाने दो!''

''तुम्हें मेरे साथ वापस चलना होगा, मिस कोपले। सौमरेज को तुमसे कुछ कहना है।''

मैं इस तरह बोलकर बेवकूफी कर रहा था। मगर मैं मिस कोपले को जानता तक नहीं था। हालाँकि मैं अपने घोड़े की कीमत पर विधाता की भूमिका निभा रहा था, फिर भी मैं उसे ठीक-ठीक वह नहीं बता सका, जो सौमरेज ने मुझसे कहा था। मैंने सोचा कि यह काम वह खुद बेहतर ढंग से कर सकता था। थके होने और घर जाने की चाह के उसके सारे बहाने ध्वस्त हो गए और वह घोड़े पर बैठी-बैठी सिसकियाँ भरने तथा हिलने-डुलने लगी। गरम हवा उसके बालों को उजाड़ने लगी। उसने जो कहा, मैं उसे दोहराऊँगा नहीं; क्योंकि वह बिल्कुल निढाल हो रही थी।

यह सनकी मिस कोपले थी और मैं, जो उसके लिए बिल्कुल अजनबी था, उसे यह बताने की कोशिश कर रहा था कि सौमरेज उसे प्यार करता है

और उसे उससे यह सुनने के लिए वापस चलना होगा। मैं मानता हूँ कि मैं उसे अपनी बात समझाने में कामयाब रहा था, क्योंकि उसने भूरे घोड़े को सँभाला और उसे जैसे-तैसे चलाया—और हम मकबरे की तरफ चल पड़े; जबकि तूफान गड़गड़ाता हुआ अंबाला की ओर चला गया और बारिश की कुछ मोटी-मोटी बूँदें आ गिरीं। मुझे उसकी बातों से पता चला कि जब सौमरेज ने उसकी बहन से शादी का प्रस्ताव रखा तो वह सौमरेज के पास ही खड़ी थी और उसने चाहा था कि शांति से रो सके, जैसा कि एक अंग्रेज लड़की को करना चाहिए। मेरे साथ चलते हुए उसने अपने रूमाल से अपनी आँखें पोंछीं और बिल्कुल हल्के जी से और उन्माद में मुझसे जाने क्या-क्या कहती रही। यह बिल्कुल अस्वाभाविक था और फिर भी उस समय के माहौल में यह बिल्कुल ठीक लग रहा था। पूरी दुनिया बस दोनों कोपले बहनों, सौमरेज और मुझमें सिमट गई थी—बिजली थी और अँधेरा था। और, ऐसा लग रहा था कि इस भटकी दुनिया को राह दिखाना मेरे हाथों में था।

जब हम तूफान के बाद की गहरी व शांत खामोशी में मकबरे में पहुँचे तो सवेरा बस हो ही रहा था और कोई भी वहाँ से गया नहीं था। वे हमारी वापसी का इंतजार कर रहे थे। सबसे ज्यादा सौमरेज। उसका चेहरा सफेद और उतरा हुआ था। जब मिस कोपले और मैं लँगड़ाते हुए वहाँ पहुँचे तो वह हमसे मिलने के लिए आगे आया और जब उसने मिस कोपले को घोड़े की काठी से उतरने में मदद की तो मिस कोपले ने सबके सामने उसे चूम लिया। यह किसी थिएटर का-सा दृश्य था और यह समानता उन तमाम धूल-से सफेद, भूत-प्रेत जैसे दिख रहे आदमियों व औरतों की मौजूदगी से और भी बढ़ गई थी, जो संतरे के पेड़ों के नीचे खड़े सौमरेज की पसंद पर तालियाँ बजा रहे थे—मानो कोई नाटक देख रहे हों। मैंने अपनी जिंदगी में अंग्रेजियत के इतने विपरीत कभी कुछ नहीं देखा था।

आखिरकार सौमरेज ने कहा कि हम सबको घर जाना चाहिए, वरना पूरा स्टेशन हमें ढूँढ़ने निकल पड़ेगा। और उसने मुझसे कहा कि क्या मैं मेहरबानी करके मॉडले के साथ घोड़े पर घर चला जाऊँगा? मैंने कहा कि मेरे लिए इससे ज्यादा खुशी की बात कोई और हो ही नहीं सकती।

इस तरह हम कुल छह जोड़े, दो-दो व्यक्ति करके वापस चल दिए। ईडिथ कोपले खुद सौमरेज के घोड़े पर सवार थी, जबकि सौमरेज उसकी बगल में पैदल चल रहा था। मॉड कोपले ने मुझसे कोई बात नहीं की।

माहौल साफ हो गया था और थोड़ा-थोड़ा करके, जैसे-जैसे सूरज ऊपर आया, मैंने महसूस किया कि हम सभी फिर से वहीं आम आदमी-औरत बन रहे थे और यह भी कि 'ग्रेट पॉप पिकनिक' इस दुनिया की नहीं, बल्कि एक बिल्कुल अलग बात थी—और दोबारा कभी होनेवाली नहीं थी। वह तो धूल भरे तूफान और गरम हवा की चुभन के साथ ही बीत चुकी थी।

मैं थक गया था और बेदम हो रहा था। जब नहाने और सोने के लिए अंदर गया तो मुझे खुद पर शर्म आ रही थी।

यह कहानी एक औरत के नजरिए से भी कही जा सकती है, मगर वह कभी नहीं लिखी जाएगी···हाँ, अगर मॉड कोपले कोशिश करना चाहे तो बात और है।

□

९

बैंक धोखाधड़ी

वह सेहतमंद पानी पीता और उसकी आवाज थी कड़क;
वह कपड़े खरीदता और कर देता था भुगतान;
वह एक भरोसेमंद मातहत को चिपका देता था घोड़ा
और संदिग्ध तरीके से जीत जाता था जिमखाना।
फिर मूर्खता और बुराई के बीच अलग हट जाता
भले काम करने को और सीधे उन्हें छिपाने को बोलता था झूठ।

—द मेस रूम

अगर रेजी बर्क इस समय भारत में होता तो इस बात पर बहुत गुस्सा करता कि यह किस्सा क्यों सुनाया जा रहा है। चूँकि वह हांगकांग में है और इसे देख नहीं पाएगा, इसलिए इसे सुनाने में कोई डर नहीं है। वही आदमी था, जिसने सिंध एंड सियालकोट में बड़ी धोखाधड़ी की थी। वह एक भीतरी शाखा का मैनेजर था, काफी व्यावहारिक व्यक्ति था और उसे स्थानीय लोन और बीमा का लंबा अनुभव था। वह साधारण जिंदगी या छोटी-छोटी बातों को अपने काम के साथ मिला लेता और फिर भी बढ़िया करता था। रेजी बर्क ऐसी

कोई भी सवारी कर लेता था, जो उसे अपने ऊपर चढ़ लेने देती थी। जिस सफाई से सवारी करता था, उसी सफाई से नाचता भी था और स्टेशन में हर तरह के मनोरंजन के लिए उसे ढूँढ़ा जाता था।

इस बात को वह खुद भी कहता था और कई लोगों को यह जानकर ताज्जुब भी हुआ था कि बर्क दो थे। दोनों ही आपकी खिदमत में हाजिर रहते थे। चार से दस तक 'रेजी बर्क' गरम मौसम में जिमखाना से लेकर घुड़सवारी की पिकनिक तक किसी भी चीज के लिए तैयार रहता था और दस से चार बजे तक वह सिंध एंड सियालकोट बैंक ब्रांच का मैनेजर होता था। एक दोपहर आप उसके साथ पोलो खेल सकते थे और किसी आदमी के क्रॉस करने पर उसकी राय सुन सकते थे; दूसरी सुबह आप अस्सी पौंड का प्रीमियम अदा हो चुकी पाँच सौ पौंड की बीमा पॉलिसी पर दो हजार रुपए का लोन लेने उसके पास जा सकते थे। वह तो आप को पहचान लेगा, मगर आपको उसे पहचानने में कुछ दिक्कत होगी।

बैंक का मुख्यालय कलकत्ता (अब कोलकाता) में था और उसके जनरल मैनेजर की बात का सरकार में वजन होता था। उसके डायरेक्टर अपने आदमियों को खूब देखभाल कर चुनते थे। उन्होंने रेजी का भी अच्छी मशक्कत के साथ इम्तिहान लिया था। वे उस पर उतना ही भरोसा करते थे जितना डायरेक्टर अपने मैनेजरों पर करते हैं। आप खुद ही देख लें कि उनका भरोसा गलत था क्या!

रेजी की ब्रांच एक बड़े स्टेशन में थी और उसमें वही आम स्टाफ था— यानी एक मैनेजर, एक एकाउंटेंट, दोनों अंग्रेज, एक कैशियर और कई स्थानीय क्लर्क। इसके अलावा, रात में बाहर गश्त करनेवाली पुलिस। यह शाखा एक संपन्न जिले में थी, इसलिए यहाँ ज्यादातर काम हुंडियों और तमाम तरह के निभाव का होता था। मूर्ख की पकड़ इस तरह के कारोबार पर नहीं होती और जो होशियार व्यक्ति अपने ग्राहकों के बीच नहीं आता-जाता और उनके मामलों को कुछ ज्यादा ही नहीं जानता, वह मूर्ख से भी बदतर होता है। रेजी देखने में जवान लगता था, दाढ़ी-मूँछें सफाचट रखता था। उसकी आँखों में चमक रहती थी और उस पर तेज मडेरा शराब भी एक गैलन से कम मात्रा में कोई असर नहीं कर पाती थी।

एक दिन—रात के खाने पर—उसने यूँ ही बोल दिया कि डायरेक्टरों ने उस पर इंग्लैंड के एक 'कुदरती अजूबे' को एकाउंटेंट लाइन में थोप दिया है। उसका कहना बिल्कुल सही था। मि. सिलास राइली, एकाउंटेंट, एक बहुत अजीब जानवर था। वह एक लंबा, भोंडा, मरियल-सा यॉर्कशरवासी था और उसमें वहशी घमंड कूट-कूटकर भरा था, जो सिर्फ इंग्लैंड के सबसे अच्छे इलाके में खिलता है। मि. एस. राइली की मानसिक प्रवृत्ति को समझने के लिए 'दंभ' शब्द भी हल्का पड़ता था। वह सात साल काम करने के बाद हड्र्सफील्ड बैंक की एक शाखा में कैशियर के ओहदे पर पहुँचा था और उसका सारा अनुभव उत्तरी इलाके के कारखानों का था। शायद वह बंबई की तरफ ज्यादा अच्छा रहता, जहाँ वे डेढ़ फीसदी मुनाफे से खुश रहते हैं और जहाँ पैसा सस्ता होता है। वह अपर इंडिया और गेहूँ की पैदावारवाले प्रांत के लिए बेकार था, जहाँ संतोषजनक बैलेंस शीट देने के लिए व्यक्ति को एक बड़ी खोपड़ी और थोड़ी सी कल्पना चाहिए होती है।

वह कारोबार में अद्‌भुत ढंग से तंग नजरिएवाला था और इस देश में नया होने के नाते उसे इस बात का कोई इल्म नहीं था कि भारत में बैंक का काम इंग्लैंड से बिल्कुल अलग है। ज्यादातर होशियार और खुद के दम पर बने आदमियों की तरह उसके स्वभाव में बहुत सादगी थी और पता नहीं कैसे उसने अपने नियुक्ति-पत्र की शर्तों का यह मतलब निकाल लिया था कि डायरेक्टरों ने उसे उसकी खास और शानदार खूबियों की वजह से चुना था और उन्हें उस पर बहुत भरोसा था। उसकी यह सोच बढ़ती गई और मजबूत होती गई—और इस तरह उसका ठेठ उत्तरी इलाकेवाला दंभ और भी बढ़ गया। इसके अलावा, वह नाजुक था। उसके सीने में परेशानी रहती थी और वह तुनकमिजाज भी था।

आप यह तो मानेंगे ही कि रेजी ने अपने नए एकाउंटेंट को कुदरती अजूबा बेवजह ही नहीं कहा था। इन दोनों आदमियों में बिल्कुल भी नहीं बन पाई। राइली तो रेजी को एक जंगली, हल्की खोपड़ीवाला अहमक समझता था, जिसे 'मेस' कही जानेवाली जगहों में ईश्वर जाने क्या मजा आता था और जो बैंक जैसे गंभीर व पवित्र काम के लिए बिल्कुल भी उपयुक्त नहीं था। उसे रेजी का युवापन और 'तुम भाड़ में जाओ' वाला अंदाज कभी रास नहीं आया

और वह रेजी के साफ-सुथरे, लापरवाह फौजी दोस्तों को कभी पसंद नहीं कर पाया, जो बैंक में रविवार को होनेवाले बड़े नाश्ते पर जाते और तब तक गरमागरम कहानियाँ सुनाते रहते थे जब तक कि रेजी उठकर कमरे से बाहर निकल नहीं जाता था। राइली हमेशा ही रेजी को यह दिखाता रहता था कि कारोबार कैसे करना चाहिए और रेजी को एक से अधिक बार उसे यह याद दिलाना पड़ता था कि हड्र्सफील्ड और बेवर्ली के बीच सात साल का सीमित अनुभव किसी व्यक्ति को भीतरी इलाके के कारोबार चलाने के योग्य नहीं बना देता। तब राइली रूठ जाता था और अपने आपको बैंक का स्तंभ एवं और डायरेक्टरों का प्यारा दोस्त बताता था और रेजी अपने बाल नोच लेता था। अगर किसी शख्स के अंग्रेज मातहत भारत में उसके मुताबिक नहीं चलते तो वह सचमुच परेशानी में आ जाता है; क्योंकि स्थानीय (देसी) खिदमतगारों की अपनी सीमाएँ होती हैं। सर्दियों में ऐसा हुआ कि राइली फेफड़ों में परेशानी की वजह से लगातार कई-कई हफ्तों के लिए बीमार हो गया और इससे रेजी पर और ज्यादा काम आ पड़ा। मगर उसने इसे राइली के ठीक होने की हालत में होनेवाले टकराव से हमेशा बेहतर समझा।

बैंक के एक ट्रैवलिंग इंस्पेक्टर को इन दौरों के बारे में पता चल गया और उसने डायरेक्टरों को बता दिया। दरअसल, राइली को बैंक में एक एम.पी. ने रखवाया था, जिसे राइली के पिता का समर्थन चाहिए था और राइली के पिता उसके फेफड़ों की परेशानी को देखते हुए उसे गरम आबोहवा वाले इलाके में भिजवाना चाहते थे। उस एम.पी. का बैंक में स्वार्थ था; मगर एक डायरेक्टर अपने किसी आदमी को वहाँ लगाना चाहता था।

राइली के पिता के मरने के बाद उसने बोर्ड के दूसरे सदस्यों को यह समझाया कि आधा साल बीमार रहनेवाले एकाउंटेंट की जगह बेहतर होगा कि किसी सेहतमंद व्यक्ति को लाया जाए। राइली को अगर अपनी नियुक्ति की असली कहानी पता होती तो वह शायद बेहतर बरताव करता। मगर उसको इस बारे में कुछ भी नहीं पता था, क्योंकि उसकी बीमारी बेचैनी, हठी लेपन, दखलंदाजी और झुँझलाहट के दौरे बीच-बीच में पड़ते रहे और उन सैकड़ों तरीकों से रेजी पर प्रकट होते रहे, जिनसे एक मातहत की हालत में दंभ जाहिर

हो सकता है। रेजी पीठ पीछे उसे तरह-तरह के नामों से बुलाता और उनसे अपनी भावनाओं को राहत देता था। मगर उसके सामने रेजी उसे कभी भला-बुरा नहीं कहता था, क्योंकि वह जानता था कि राइली ऐसा कमजोर जानवर है जिसका आधा घिनौना दंभ तो उसके सीने के दर्द की वजह से है।

एक साल अप्रैल के आखिरी दिनों में राइली सचमुच बहुत बीमार हो गया। डॉक्टर ने उसे घूँसे मारे और उसे थपथपाया तथा उससे कह दिया कि वह जल्दी ही ठीक हो जाएगा। फिर डॉक्टर रेजी के पास गया और बोला, ''जानते हो, तुम्हारा एकाउंटेंट कितना बीमार है?''

''नहीं!'' रेजी ने कहा, ''जितना ज्यादा हो उतना अच्छा। जब वह ठीक होता है तो बहुत परेशान कर देता है। अगर आप उसे दवा देकर इस गरमी भर के लिए खामोश कर सकें तो मैं आपको बैंक की तिजोरी ले जाने दूँगा।''

मगर डॉक्टर उसकी इस बात पर हँसा नहीं—''यार, मैं मजाक नहीं कर रहा।'' उसने कहा, ''मेरे हिसाब से तो यह तीन महीने और बिस्तर पर रह सकता है और लगभग एक हफ्ता और मरने का वक्त है उसके पास। मेरी जो इज्जत है और नाम है उसकी कसम, उसके पास इस दुनिया में बस इतना ही वक्त है। टी.बी. ने उसकी हड्डियों के अंदर तक घर कर लिया है।''

रेजी का चेहरा एकदम मि.रेजिनल्ड बर्क के चेहरे में तब्दील हो गया और उसने जवाब दिया, ''मैं क्या कर सकता हूँ?''

''कुछ नहीं।'' डॉक्टर ने कहा, ''सच पूछा जाए तो वह मर तो पहले ही चुका है। उसे शांत और खुश रखो और उससे यही कहो कि वह ठीक हो जाएगा। मैं तो आखिर तक उसकी देखभाल करूँगा ही।''

इतना कहकर डॉक्टर चला गया और रेजी बैठकर शाम की डाक खोलने लगा। उसका पहला पत्र डायरेक्टरों की तरफ से था, जिसमें उन्होंने रेजी को यह इत्तिला दी थी कि मि. राइली के साथ हुए करार के मुताबिक, राइली को एक महीने के नोटिस पर इस्तीफा देना पड़ेगा। पत्र में रेजी से कहा गया था कि इसके बाद ही राइली को उनका पत्र मिलेगा। पत्र में रेजी को सलाह दी गई थी कि एक नया एकाउंटेंट आ रहा है, जिसे रेजी जानता है और पसंद भी करता है।

रेजी ने एक चुरुट सुलगा लिया और उसके खत्म होने से पहले ही वह एक धोखाधड़ी का खाका खींच चुका था। उसने डायरेक्टरों के पत्र को एक तरफ—यानी बर्क कर दिया और राइली से बात करने चला गया, जो हमेशा की तरह रूखा था और इस बात पर झुँझला रहा था कि उसकी बीमारी के दौरान बैंक कैसे चलेगा। उसने रेजी के कंधों पर फालतू काम के बोझ के बारे में कभी नहीं सोचा, बल्कि उसका पूरा खयाल तो अपनी तरक्की की संभावनाओं पर था। तब रेजी ने उसे विश्वास दिलाया कि सबकुछ ठीक-ठाक होगा और वह खुद, यानी रेजी, हर रोज बैंक के इंतजाम के बारे में राइली से बात करेगा। इससे राइली को थोड़ी तसल्ली हुई, मगर उसने यह भी जता दिया कि उसे रेजी की कारोबारी काबिलियत पर ज्यादा भरोसा नहीं था। रेजी विनम्र बना रहा। उसकी मेज पर डायरेक्टरों के पत्र थे, जिन पर कोई भी गिल्बर्ट या हार्डी गर्व कर सकता था।

उस बड़े अँधेरे मकान में दिन गुजरते गए और डायरेक्टरों का राइली को लिखा बरखास्तगी का पत्र आया और रेजी ने उसे अलग रख दिया। रेजी हर शाम बही लेकर राइली के कमरे में जाता और उसे दिखाता था कि क्या प्रगति है; जबकि राइली उस पर गुर्राता था। रेजी अपनी तरफ से ऐसे स्टेटमेंट तैयार करने की भरसक कोशिश करता था, जिससे राइली को खुशी हो; मगर एकाउंटेंट को पक्का यकीन था कि उसके बगैर बैंक बरबाद हो जाएगा। जून में, जब बिस्तर में पड़े रहने से उसके हौसले पस्त होने लगे तो उसने पूछा कि ''क्या उसकी गैर-हाजिरी पर डायरेक्टरों ने कभी गौर किया,'' और रेजी ने जवाब दिया कि ''उन्होंने बहुत ही हमदर्दी भरे पत्र लिखे हैं और यह उम्मीद की है कि वह जल्दी ही अपनी कीमती खिदमत फिर से दे पाएगा।''

उसने राइली को वे पत्र दिखाए और राइली ने कहा कि डायरेक्टरों को सीधे उसे पत्र लिखना चाहिए था। कुछ दिनों के बाद रेजी ने कमरे की आधी रोशनी में राइली की डाक खोली और उसे डायरेक्टरों का एक पत्र—लिफाफा नहीं—दिया। राइली ने कहा कि रेजी की मेहरबानी होगी कि वह उसके निजी कागजात में दखल न दे, खासकर तब जब रेजी को पता था कि वह इतना कमजोर था कि वह अपने पत्र नहीं खोल सकता था। रेजी ने उससे माफी माँगी।

तब राइली का मूड बदला और उसने रेजी की बुरी आदतों के लिए उसे फटकार लगाई—उसके घोड़ों और उसके बुरे दोस्तों के लिए भी।

"सच, यहाँ पीठ के बल लेटे हुए मैं तुम्हें सीधा तो नहीं कर सकता; मगर जब मैं ठीक हो जाऊँगा तो मुझे उम्मीद है कि तुम मेरी बातों पर कुछ ध्यान दोगे।"

रेजी ने राइली की देखभाल करने के चक्कर में अपना पोलो, रात का खाना, टेनिस और सबकुछ छोड़ रखा था। उसने कहा कि उसे अफसोस हो रहा है और उसने राइली के सिर को तकिए पर सही किया। उसने सुना कि राइली बहुत धीमी आवाज में जोर लगाकर भुनभुना रहा था और उसकी बात को काट रहा था। यह तब था, जब जून का आधा महीना बीत चुका था और रेजी दफ्तर में दिन भर भारी काम करने के बाद डबल ड्यूटी कर रहा था।

जब नया एकाउंटेंट आया तो रेजी ने उसे इस मामले की सच्चाई बताई और राइली से यही कहा कि उसके साथ एक मेहमान ठहरा हुआ है। राइली ने कहा कि ऐसे समय में अपने संदिग्ध दोस्तों की खातिरदारी करने के बजाय और बातों के बारे में सोचना चाहिए था। उसका नतीजा यह हुआ कि रेजी ने नए एकाउंटेंट कैरन को क्लब में सोने के लिए कह दिया। कैरन के आने से रेजी के कंधों का भारी बोझ कुछ कम हो गया और उसे राइली की इन जबरदस्ती की माँगों को पूरा करने का समय मिल गया—कि सफाई दो, तसल्ली दो, नई-नई बातें गढ़ो और उस बेचारे अभागे को बिस्तर में बार-बार करवट बदलवाओ और कलकत्ता से आए जाली पत्रों का जुगाड़ करो। पहले महीने के अंत में राइली ने अपनी माँ को कुछ पैसे घर भेजने की इच्छा जताई। रेजी ने ड्राफ्ट भेज दिया। दूसरे महीने के अंत में राइली की तनख्वाह पहले की तरह ही आई। रेजी ने तनख्वाह की रकम अपनी जेब से दी और उसके साथ ही राइली के नाम एक खूबसूरत पत्र डायरेक्टरों की तरफ से लिख दिया।

राइली सचमुच बहुत बीमार था, मगर उसकी जिंदगी की लौ लपलपा रही थी। कभी-कभी वह भविष्य को लेकर खुश और आश्वस्त हो जाता था और योजनाएँ बनाने लगता था कि वह घर जाएगा और अपनी माँ से मिलेगा। दफ्तर का काम खत्म हो जाने के बाद रेजी उसकी बात धैर्य से सुनता और

उसका हौसला बढ़ाता था।

कभी-कभी रेजी पर जोर देकर राइली उससे 'बाइबिल' और अन्य गंभीर धार्मिक पुस्तकें पढ़वाता था। इस धार्मिक पुस्तकें में से वह बताता कि इससे क्या शिक्षा मिलती है और उसका निशाना मैनेजर की तरफ होता था; मगर वह रेजी से बैंक के कामकाज के बारे में चिंता जताने का समय हर बार निकाल लेता था और उसे बताता था कि कमजोरी कहाँ-कहाँ है।

इस अंतरंग, राइली की बीमार जिंदगी और लगातार तनावों से रेजी काफी पस्त हो चुका था और उसकी हिम्मत जवाब दे चली थी। उसका बिलियर्ड का खेल चालीस अंक नीचे आ गया था। मगर बैंक का काम और रोगी-कक्ष का काम तो चलते ही रहना था; हालाँकि पारा छाया में भी 116 डिग्री था।

तीसरे महीने के अंत में, राइली की हालत तेजी से खराब होने लगी और उसे यह समझ में आने लगा कि वह बहुत बीमार है। मगर जिस दंभ के साथ वह रेजी को चिंता में डालता था, उसने उसे यह नहीं मानने दिया कि वह अपनी सबसे खराब हालत में पहुँच चुका है।

''उसे अगर और आगे खींचना है तो उसमें किसी तरह से दिमागी जोश उभारना होगा।'' डॉक्टर का यह कहना था, ''और अगर तुम चाहते हो कि वह जिंदा रहे तो फिर जिंदगी में उसकी दिलचस्पी बनाए रखो।''

इस तरह राइली ने कारोबार और वित्त के तमाम नियमों के विपरीत, डायरेक्टरों से तनख्वाह में 25 फीसदी की बढ़ोतरी हासिल कर ली। 'दिमागी जोश का उभार' खूब अच्छा काम कर गया। राइली खुश और प्रसन्नचित्त था और जैसा टी.बी. के मामले में अकसर होता है—तन से सबसे कमजोर होने पर मन से सबसे स्वस्थ था। वह पूरा एक महीना और टिका रहा—बैंक के बारे में झुँझलाता, झींकता रहा, भविष्य के बारे में बातें करता रहा, 'बाइबिल' सुनता रहा, रेजी को पाप पर भाषण पिलाता रहा और यह सोचकर हैरान होता रहा कि वह कब बाहर जाने लायक होगा।

मगर सितंबर के अंत में, एक बेरहम गरम शाम को, वह अपने बिस्तर से उठा। उसकी साँस थोड़ी उखड़ रही थी और वह जल्दी-जल्दी रेजी से बोला, ''मि. बर्क, मैं मरने वाला हूँ। मुझे अंदर से एहसास हो रहा है। मेरा सीना अंदर

से बिल्कुल खोखला हो चुका है और साँस लेने को कुछ और नहीं है। जहाँ तक मैं जानता हूँ, मैंने ऐसा कुछ भी नहीं किया है।'' वह अपने लड़कपन की बात पर लौट रहा था—''कि उससे मेरे जमीर पर बोझ पड़े। ईश्वर का इस बात के लिए शुक्रिया कि उसने मुझे बड़े पापों से बचाए रखा और तुमको मेरी सलाह है, मि. बर्क…''

इससे आगे वह नहीं बोल पाया और रेजी उस पर झुका।

''मेरी सितंबर की तनख्वाह मेरी माँ को भेज देना। अगर बच जाता तो बैंक के लिए बहुत कुछ करता…गलत पॉलिसी…मेरा कोई कसूर नहीं है…''

फिर उसने दीवार की तरफ अपना चेहरा घुमाया और मर गया।

रेजी ने उसके मुँह पर चादर खींच दी और बाहर बरामदे में निकल गया। उसके पास आखिरी दिमागी जोश उभारने वाला था—यह डायरेक्टरों की तरफ से अफसोस और हमदर्दी का पत्र था, जो उसकी जेब में बिना इस्तेमाल के रखा था।

'काश, मैं बस दस मिनट पहले आ गया होता!' रेजी ने सोचा, 'तो शायद मैं उसे हिम्मत बँधवाकर एक दिन और जिंदा रख पाता।'

□

10

अविश्वासी के बंधन में

मैं मर रहा हूँ तुम्हारे लिए और तुम किसी और के लिए।
—पंजाबी कहावत

जब ग्रेवसेंट टेंडर ने पी. एंड ओ. स्टीमर को बंबई के लिए छोड़ा और टाउन की ट्रेन पकड़ने के लिए वापस हुआ तो उसमें सवार बहुत से लोग रो रहे थे। लेकिन उनमें सबसे ज्यादा और सबसे ज्यादा खुलकर, मिस ऐगनेस लेटर रो रही थी। और, वह रोती भी क्यों नहीं, क्योंकि जिस आदमी को उसने प्यार किया था या बकौल उसके, जिसे वह प्यार कर पाई थी, वह हिंदुस्तान जा रहा था। और जैसा कि सभी जानते हैं, हिंदुस्तान तो जंगल, बाघों, नागों, हैजा और सिपाहियों का देश है।

बारिश में स्टीमर के किनारे पर झुका फिल गैरन भी बहुत दुखी था; मगर वह रो नहीं रहा था। उसे 'चाय' पर भेजा गया था। उसे कुछ पता नहीं था कि 'चाय' का मतलब क्या है। लेकिन वह अनुमान लगा रहा था कि उसे एक इठलाते घोड़े पर सवार होकर चाय-लताओं से ढकी पहाड़ियों पर जाना होगा और इसके लिए उसे एक मोटी तनख्वाह मिलेगी। वह अपने अंकल का बहुत

आभार मान रहा था कि उन्होंने उसे बर्थ दिलवा दी थी। वह सचमुच अपने ढीले-ढाले रवैए को बदल डालेगा, हर साल अपनी शानदार तनख्वाह में से एक बड़ा हिस्सा बचाएगा और बहुत जल्दी लौटकर ऐगनेस लेटर से शादी कर लेगा। फिल गैरन तीन साल से अपने दोस्तों के हाथों बोझ बना हुआ था और उसके पास कोई काम-धाम नहीं था, अतः स्वाभाविक था कि वह प्यार कर बैठा। वह बहुत अच्छा था; मगर उसके खयालों, उसकी रायों और उसके उसूलों में मजबूती नहीं थी। हालाँकि उसे सचमुच का दुःख कभी नहीं हुआ, फिर भी उसके दोस्तों ने उसका आभार ही माना, जब उसने अलविदा कहा और दार्जिलिंग के पास इस रहस्यमय 'चाय' वाले काम पर चला गया। उन्होंने कहा, "भगवान् तुम्हें आशीष दें, प्रिय भाई! अब कभी हमें अपनी सूरत मत दिखाना।" या कम-से-कम फिल को तो यही समझ में आया।

जब वह समुद्री सफर पर निकला तो एक महान् योजना का विचार उसमें कूट-कूटकर भरा था कि लोगों ने उसे जिस लायक समझा था, वह खुद को उससे भी कई सौ गुना बेहतर साबित करके दिखाएगा—घोड़े की तरह काम करेगा और विजयी होकर ऐगनेस लेटर से शादी करेगा। देखने-सुनने में अच्छा होने के अलावा भी उसमें कई अच्छाइयाँ थीं। उसका इकलौता दोष यह था कि वह कमजोर था। किफायत के बारे में उसकी सोच 'मॉर्निंग सन' के बराबर थी। और फिर भी आप किसी एक मद पर हाथ रखकर यह नहीं कह सकते थे कि इसमें फिल गैरन शाहखर्च या फिजूलखर्च है। और, आप उसके चरित्र में कोई खास खोट नहीं निकाल सकते थे। लेकिन वह असंतोषजनक और पुटीन की तरह कारगर था।

ऐगनेस लेटर के घरवालों को इस रिश्ते पर ऐतराज था। और इस तरह वह लाल आँखें लिये घर के कामकाज निपटाती रही। उधर, फिल दार्जिलिंग का सफर तय करता रहा, जो उसकी माँ के अनुसार, बंगाल सागर का एक बंदरगाह था, वह अपनी दोस्तों को यही बताती थीं। जहाज पर वह काफी लोकप्रिय हो गया था। उसने कई लोगों से जान-पहचान कर ली थी और शराब पर भी वह अच्छा-खासा खर्च कर रहा था तथा हर बंदरगाह से ऐगनेस लेटर को लंबे-चौड़े खत भेज रहा था। फिर वह इस बागान पर काम में जुट गया, जो दार्जिलिंग

और काँगड़ा के बीच कहीं था। और हालाँकि तनख्वाह और घोड़ा और काम सब बिल्कुल वैसे ही नहीं थे जैसा उसने सोचा था, फिर भी वह खूब कामयाब रहा और अपनी लगन के लिए खुद को उसने अनावश्यक श्रेय दिया।

धीरे-धीरे जब वह अपने पट्टे में और जम गया और उसका काम उसके सामने तय हो गया तो ऐगनेस लेटर का चेहरा उसके दिमाग से उतर गया। और वह उसे बस, तभी याद आती थी जब वह फुरसत में होता था—और यह बहुत कम होता था। वह पंद्रह-पंद्रह दिन तक उसके बारे में सबकुछ भूल जाता और फिर अचानक चौंककर उसे याद करता था; जैसे कोई स्कूली लड़का अपना सबक याद करना भूल जाता है। लेकिन वह फिल को नहीं भूली थी, क्योंकि वह उस तरह की लड़की थी, जो कभी भूलती नहीं है। हुआ बस यह कि एक और आदमी—एक सचमुच चाहने लायक जवान आदमी—मिस लेटर के आगे हाजिर हुआ और फिल के साथ शादी का मौका बन नहीं रहा था और उसके खत भी बहुत असंतोषजक थे और लड़की के ऊपर घरवालों का काफी दबाव था। वह जवान आदमी आमदनी के लिहाज से एक योग्य व्यक्ति था और इस सबका नतीजा यह हुआ कि ऐगनेस ने उस दूसरे आदमी से शादी कर ली और फिल को दार्जिलिंग के जंगली इलाके के पते पर एक तूफानी खत भेज दिया। उस खत में उसने यह भी लिखा कि अब उसकी जिंदगी में ऐसा खुशी का लमहा कभी नहीं आएगा। वह एक सही भविष्यवाणी थी।

फिल को वह खत मिला तो उसे लगा कि उसके साथ गलत हुआ है। घर से निकले उसे दो साल हो गए थे। लेकिन, लगातार ऐगनेस लेटर के बारे में सोचते हुए और उसके फोटो को देखते हुए और इतिहास का एक सबसे वफादार प्रेमी होने के लिए अपनी पीठ थपथपाते हुए और अपने काम में सक्रिय होते हुए उसे सचमुच यही लगा कि उसका बहुत बेजा इस्तेमाल हुआ है। उसने बैठकर एक आखिरी खत लिखा—जो एक सचमुच दर्दनाक, अनंत दुनियावाला, आमीन जैसा खत था। उसमें उसने स्पष्ट किया था कि कैसे वह अनंत काल तक वफादार रहेगा कि सभी औरतें एक जैसी होती हैं और वह अपने टूटे दिल को छिपा लेगा वगैरह-वगैरह। लेकिन अगर भविष्य में कभी अगर वह इंतजार कर सका, वगैरह-वगैरह, अपरिवर्तित प्रेम-भाव, वगैरह-

वगैरह। अपने पुराने प्यार के पास लौट जाएगा, वगैरह-वगैरह, ऐसे ही कोई भरे-भरे आठ पन्ने। कला की दृष्टि से देखें तो यह एक बहुत साफ-सुथरी कृति थी. लेकिन एक आम फिलिस्तीन, जिसे फिल की असली भावनाओं का पता था—उन भावनाओं का नहीं, जो उसने लिखते समय व्यक्त की थीं—उसने तो इसे एक कतई नीच और स्वार्थी कमजोर आदमी की कतई नीच और स्वार्थी कृति बताया होता। लेकिन यह फैसला गलत होता। फिल ने डाक खर्च दिया था और उसने जो कुछ लिखा था, उसके एक-एक शब्द को कम-से-कम ढाई दिन तक महसूस किया था। बत्ती गुल होने से पहले की यह आखिरी टिमटिमाहट थी।

वह खत पढ़कर ऐगनेस लेटर बहुत दुखी हो गई। वह रोई और उसने उस खत को अपनी डेस्क में रख दिया और अपने परिवार के लिए वह किसी और की पत्नी हो गई, जो हर ईसाई कन्या का पहला फर्ज होता है।

फिल अपने कामों में लग गया और अपने खत के बारे में उसने फिर कभी नहीं सोचा, सिवाय उस तरह से जैसे कोई कलाकार एक साफ-सुथरे स्केच के बारे में सोचता है। उसके काम खराब तो नहीं थे और वे उस समय तक बिल्कुल अच्छे भी नहीं थे, जब उसकी मुलाकात हमारी नेटिव आर्मी के एक राजपूत पूर्व सूबेदार मेजर की बेटी दुन्माया से हुई। उस लड़की में पहाड़ी खून का अंश था और पहाड़ी औरतों की तरह वह परदे में रहनेवाली परदानशीं नहीं थी फिल उसे कहाँ मिला या उसने उसके बारे में कहाँ सुना, यह बात कोई मायने नहीं रखती। वह एक अच्छी लड़की थी और सुंदर भी। अपनी तरह से वह बहुत चतुर और चंट भी थी। हालाँकि, यह सच है, वह थोड़ी सख्त थी। यह याद रखना होगा कि फिल बहुत आराम से रह रहा था। वह छोटी-से-छोटी मौज को भी नहीं छोड़ता था। एक भी पैसा नहीं बचाता था। अपने आप से और अपने इरादों से बहुत संतुष्ट था। वह अपने तमाम अंग्रेज संपर्कों को एक-एक कर छोड़ रहा था और हिंदुस्तान को ज्यादा-से-ज्यादा अपना घर समझने लगा था। कुछ लोग ऐसे हो जाते हैं और बाद में वे किसी काम के नहीं रह जाते वह जहाँ तैनात था वहाँ की आबोहवा अच्छी थी। और उसे सचमुच ऐसा नहीं लगा कि उसे किसी भी वजह से इंग्लैंड लौट जाना चाहिए।

उसने वही किया, जो उससे पहले कई बागानवालों ने किया है—यानी, उसने एक पहाड़ी लड़की से शादी करके वहीं बस जाने का इरादा कर लिया। तब वह सत्ताईस साल का था। उसके आगे एक लंबी जिंदगी थी, लेकिन उसे पार करने का हौसला नहीं था। इस तरह उसने अंग्रेजी चर्च के रीति-रिवाज से दुन्माया से शादी कर ली। और साथ के कुछ बागानवालों ने कहा कि वह मूर्ख है, तो कुछ ने कहा कि 'एक अक्लमंद आदमी है। दुन्माया एक निहायत ईमानदार लड़की थी। और अंग्रेज के लिए उसके दिल में इज्जत होने के बावजूद वह अपने पति की कमजोरियों को काफी कुछ समझती थी। उसने अपने पति को प्यार से सँभाला और एक साल से भी कम समय में वह पहनावे व चाल-ढाल से अंग्रेजन-सी हो गई। सोचने में यह अजीब लगता है कि किसी पहाड़ी आदमी को जिंदगी भर पढ़ाओ-लिखाओ और वह फिर भी पहाड़ी मानुस ही रहता है; लेकिन एक पहाड़ी औरत छह महीनों में अपनी अंग्रेजी बहनों के तौर-तरीके सीख जाती है। एक बार एक कुली औरत होती थी। लेकिन वह अलग कहानी है। दुन्माया काले व पीले कपड़े पहनना पसंद करती थी और अच्छी दिखती थी।

इस बीच फिल का खत ऐगनेस लेटर की डेस्क में पड़ा रहा और जब-तब वह बेचारे, मजबूत इरादेवाले और मेहनती फिल के बारे में सोच लेती, जो दार्जिलिंग में नागों व बाघों के बीच होगा और इस व्यर्थ उम्मीद में मशक्कत कर रहा होगा कि वह उसके पास लौट आएगी। उसका पति तो फिल जैसे दस आदमियों के बराबर था, सिवाय इसके कि उसे दिल का गठिया था। शादी के तीन साल बाद और अपनी इस शिकायत के सिलसिले में नीस और अल्जीरिया हो आने के बाद—वह बंबई आ गया, जहाँ वह मर गया और ऐगनेस को आजाद कर गया। ऐगनेस एक श्रद्धालु औरत थी। उसने अपने पति की मौत और उसकी जगह को विधाता का सीधा दखल समझा। और जब वह इस सदमे से उबरी तो उसने फिल के 'वगैरह-वगैरह' वाले और बड़े डैश व छोटे डैश वाले खत को निकाला और फिर से पढ़ा तथा कई बार चूमा। बंबई में उसे कोई नहीं जानता था। उसके पास उसके पति की आमदनी थी, जो काफी ज्यादा थी और फिल पास में ही था। यह बेशक था तो गलत और अनुचित,

लेकिन जैसे उपन्यासों में नायिकाएँ करती हैं, उसने यह तय किया कि वह अपने प्रेमी को ढूँढ़ेगी, उसे अपना हाथ और अपना सोना थमाएगी और उसके साथ इन बेदर्द लोगों से दूर किसी जगह में अपनी बाकी जिंदगी बिताएगी। वह दो महीनों तक वाटसन्स होटल में अकेली बैठी इस फैसले पर सोच-विचार करती रही और जो तसवीर उभरकर आई वह खूबसूरत थी। फिर वह फिल गैरन की तलाश में निकल पड़ी, जो एक चाय बागान में सहायक के पद पर था और जिसका नाम उच्चारण के लिहाज से कुछ ज्यादा ही मुश्किल था।

□

उसने उसे ढूँढ़ लिया। उसने इसमें एक महीना लगा दिया, क्योंकि उसका बागान दार्जिलिंग जिले में तो था ही नहीं, काँगड़ा के नजदीक था। फिल में कोई खास बदलाव नहीं आया था और दुन्माया भी उसके साथ बहुत अच्छी तरह से पेश आई।

अब इस सारी कवायद का पाप और शर्मवाला पक्ष यह है कि फिल जो ऐसा शख्स नहीं है, जिसके बारे में दोबारा सोचा भी जाए। उसे दुन्माया पहले भी प्यार करती थी और अब भी करती है और जिसे ऐगनेस प्यार से भी ज्यादा प्यार करती है; जबकि उसकी पूरी जिंदगी को शायद उसी ने बरबाद किया है।

सबसे खराब बात तो यह है कि दुन्माया उसे एक शरीफ आदमी बना रही है और उसकी तालीम से वह आखिरकार नरक से बच जाएगा।

जो साफ तौर पर गलत है।

□

11

सौ दुःखों का द्वार

अगर मुझे एक पैसे में स्वर्ग मिल सकता है तो तुम्हें जलन क्यों होती है ?

—अफीमची की कहावत

यह मेरी रचना नहीं है। मेरे दोगली नस्ल के दोस्त गब्राल मिस्किटा ने अपने मरने से छह हफ्ते पहले चाँद डूबने और सवेरा होने के बीच यह सब बताया था। और जब वह मेरे सवालों के जवाब दे रहा था तो मैं इसे उतारता गया था। इस तरह—

यह ठठेरेवाली गली और चिलमफरोशों के ठिकाने के बीच वजीर खान की मसजिद से, कौए की उड़ान से सौ गज के भीतर है। किसी को इतना बताने से मुझे कोई गुरेज नहीं है, मगर मैं उस पर ही छोड़ देता हूँ कि वह द्वार को ढूँढ़कर बताए, चाहे अपने आपको वह कितना ही शहर का जानकार समझता हो। यह जिस गली में है, आप उससे सौ बार निकलकर जा भी सकते हैं और फिर भी शायद आप उसे न ढूँढ़ पाएँ। इस गली को हम 'काले

धुएँ वाली गली' कहते थे, मगर इसका देसी नाम सचमुच बिल्कुल अलग ही है। एक लदा हुआ गधा इसकी दीवारों के बीच से निकल नहीं सकता और द्वार पर पहुँचने से ठीक पहले एक जगह एक मकान के सामने का हिस्सा आगे को निकला हुआ है, जिससे लोगों को पूरा घूमकर जाना होता है।

वैसे, यह सचमुच कोई दरवाजा नहीं है। यह एक मकान है। सबसे पहले यह मकान पाँच साल पहले बुजुर्ग फंग-चिंग के पास था। वह कलकत्ता में जूते बनाया करता था। कहते हैं कि वहाँ दारू के नशे में उसने अपनी बीवी को मार डाला था। इसलिए उसने बाजारू रम पीना छोड़कर उसकी जगह 'काले धुएँ' को अपना लिया था। बाद में वह उत्तर में आ गया था और वहाँ उसने 'द्वार' खोल लिया था, जहाँ आप चैन से और खामोशी में धुआँकशी कर सकते थे। ध्यान रहे, यह एक पक्का, सम्मानजनक अफीमघर था, उस तरह का दमघोंटू पसीनेदार चंडूखाना नहीं, जो आपको शहर में जगह-जगह मिल जाते हैं। नहीं, उस बुजुर्ग को अपने धंधे की पूरी व अच्छी जानकारी थी और चीनी होने के लिहाज से वह काफी साफ-सुथरा था। वह काना और ठिगना व्यक्ति था, जिसका कद पाँच फीट से ज्यादा नहीं था और उसकी बीच की दोनों उँगलियाँ गायब थीं। फिर भी, काली गोलियाँ बनाने में उस जैसा माहिर मैंने कभी नहीं देखा। उस पर धुएँ का कभी असर भी नहीं दिखाई देता था। और अगर वह दिन और रात, रात और दिन कुछ बरतता था तो वह थी सावधानी। मैंने पाँच साल तक इसका सेवन किया है और मैं किसी के भी साथ अपनी सही मात्रा ले सकता हूँ; मगर इस मामले में फंग-चिंग के सामने मैं बच्चा था। फिर भी वह बुजुर्ग अपने पैसों का पक्का था, बहुत पक्का— और यही मैं नहीं समझ पाता। मैंने सुना था कि उसने मरने से पहले काफी सारा पैसा बचा लिया था, मगर वह सब अब उसके भतीजे के पास है और वह बुजुर्ग दफनाए जाने के लिए चीन लौट गया है।

बड़े ऊपरी कमरे में, जहाँ उसके सबसे अच्छे ग्राहक जमा होते थे, उसे वह एक नई पिन की तरह साफ-सुथरा रखता था। एक कोने में फंग-चिंग का जॉस देवता खड़ा रहता था, जो करीब-करीब उतना ही भद्दा था जितना खुद

फंग चिंग। उसकी नाक तले हमेशा अगरबत्तियाँ जलती रहती थीं; मगर जब चिलमों का धुआँ गाढ़ा हो चलता था तो आपको उनकी गंध नहीं आती थी। जॉस के सामने की तरफ फंग-चिंग का ताबूत था। उसने अपनी काफी बचत उसमें लगा दी थी और जब भी कोई नया व्यक्ति द्वार में आता था तो वह उसे उसके बारे में जरूर बताता था। उस पर काला रोगन किया हुआ था, लाल और सुनहरी इबारत लिखी हुई थी और मैंने सुना है कि फंग-चिंग इसे चीन से लेकर आया था। पता नहीं यह सच है या नहीं, मगर यह जरूर पता है मुझे कि अगर मैं किसी शाम सबसे पहले वहाँ पहुँच जाता था तो ठीक उसके नीचे अपनी चटाई फैला लेता था। वह एक शांत कोना था और गली से एक तरह की मंद बयार जब-तब खिड़की में आ जाती थी। चटाइयों को छोड़ कमरे में और कोई फर्नीचर नहीं था। बस, वह ताबूत था और वह पुराना जॉस देवता था, जो समय और पॉलिश बीत जाने से बिल्कुल हरा, नीला और बैंगनी हो रहा था।

फंग-चिंग ने हमें यह कभी नहीं बताया कि वह इस जगह को 'सौ दुःखों का द्वार' क्यों कहता था। मेरी जानकारियों में यह अकेला चीनी था, जो बेतुके नाम रखता था। अधिकतर तो लच्छेदार ही होते हैं, जैसा कि आपको कलकत्ता में दिखाई देंगे। हम खुद उन्हें ढूँढ़ते थे। अगर आप गोरे हैं तो आप पर और कुछ इतना असर नहीं करता जितना कि 'काला धुआँ'। पीला आदमी बिल्कुल अलग ही किस्म का बना होता है। अफीम उस पर बिल्कुल भी असर नहीं करती; मगर गोरों और कालों को बहुत परेशानी होती है। यह सच है कि कुछ लोग ऐसे भी हैं, जिन पर धुआँ बस उतना ही असर करता है जितना कि पहले-पहल तंबाकू। वे बस थोड़ा सा ऊँघ जाते हैं, जैसे कि कोई सहज ही सो जाता है और अगली सुबह वे काम के लिए चुस्त-दुरुस्त पहले जैसे ही होते हैं। मैंने जब शुरुआत की थी तो मैं भी उन्हीं में से था; मगर मैंने पाँच साल लगातार उसका सेवन किया और अब यह बिल्कुल अलग बात है। मेरी एक बूढ़ी आंटी थी, आगरा की तरफ और मरते समय वह मेरे लिए कुछ पैसा छोड़ गई थी। करीब-करीब साठ रुपए हर माह। साठ रुपए कोई ज्यादा

नहीं होने। मुझे एक जमाना याद है, यही कोई सैकड़ों साल पहले, जब मुझे कलकत्ता में लकड़ी के एक बड़े ठेके पर मेरे तीन सौ रुपए हर माह और उसके अलावा कबाड़ के भी मिलते थे।

वह काम मैंने ज्यादा दिनों तक नहीं किया। काला धुआँ और कोई धंधा ज्यादा नहीं करने देता—और हालाँकि मुझ पर इसका बहुत असर नहीं हुआ है, फिर भी मैं अपनी जिंदगी बचाने के लिए रोज का काम नहीं कर सकता। आखिर मुझे साठ रुपए ही तो चाहिए। जब बुढ़ऊ फंग-चिंग जिंदा था तो वह मेरी तरफ से ये पैसे ले लिया करता था और उसमें से लगभग आधे गुजर-बसर के लिए मुझे दे देता था (मैं बहुत कम खाता हूँ) और बाकी वह खुद रख लेता था। मैं दिन या रात के किसी भी समय द्वार से आजाद था और जब चाहे वहाँ धुएँ का सेवन कर सकता था और सो सकता था, इसलिए मुझे कोई परवाह नहीं थी। मुझे पता है, बुढ़ऊ ने इसका खूब फायदा उठाया था; मगर वह कोई ऐसी बात नहीं है। मेरे लिए कोई भी बात बड़ी नहीं है और फिर, पैसा तो हर महीने आ ही रहा था।

जब यह जगह नई-नई खुली थी तब हम दस लोग थे। मैं और अनारकली में किसी जगह के सरकारी दफ्तर के दो बाबू, मगर उन्हें नौकरी से निकाल दिया गया था और वे पैसे नहीं दे पाते थे (जिसे दिन में कोई काम भी करना होता है, ऐसा कोई भी आदमी लगातार काले धुएँ का सेवन नहीं कर सकता)। एक चीनी, जो फंग-चिंग का भतीजा था; एक बाजारू औरत, जिसके पास पता नहीं कैसे बहुत सारा पैसा था; एक अंग्रेज लोफर—मैक कुछ नाम था उसका शायद, मगर मैं भूल गया हूँ—जो खूब पीता था, मगर शायद कभी कुछ देता नहीं था (कहते यह थे कि जब वह बैरिस्टर था तो उसने कलकत्ता में किसी मुकदमे में फंग-चिंग की जान बचाई थी); मेरी तरह एक और यूरेशियाई, जो मद्रास का था; एक दोगली नस्ल की औरत और दो आदमी, जो अपने आपको उत्तर का बताते थे। मैं सोचता हूँ, वे फारसी या अफगानी या ऐसे ही कुछ रहे होंगे।

अब हममें से पाँच से ज्यादा यहाँ नहीं रह गए, मगर हम बराबर आते

हैं। मुझे नहीं पता, उन बाबुओं का क्या हुआ; मगर वह बाजारू औरत, वह तो द्वार के छह महीने बाद मर गई और मुझे लगता है, उसके कंगन और नथनी फंग-चिंग ने अपने लिए रख ली थी। मगर मुझे पक्का पता नहीं है। वह अंग्रेज धुएँ के साथ-साथ शराब भी पीने लगा और लुढ़क गया। उन फारसियों में से एक बहुत समय पहले मसजिद के पासवाले बड़े कुएँ के नजदीक रात में हुए एक झगड़े में मारा गया। उस कुएँ को पुलिस ने यह कहकर बंद कर दिया कि उसमें से बहुत बदबू आ रही थी। उन्हें वह उसकी तलहटी में मरा मिला था। इस तरह अब बस मैं, वह चीनी, वह दोगली औरत जिसे हम 'मेमसाहब' कहते हैं (वह फंग-चिंग के साथ रहती थी), वह दूसरा यूरेशियाई और एक फारसी रह गए हैं। मेमसाहब अब बहुत बुढ़िया दिखती है। मैं समझता हूँ कि जब यह द्वार खुला था तब वह जवान थी; मगर दरअसल हम सब बूढ़े हो गए हैं, सैकड़ों-सैकड़ों साल बूढ़े। द्वार में समय का हिसाब रखना बहुत कठिन है और फिर समय की मेरे लिए वैसे भी कोई अहमियत नहीं है। मुझे तो मेरे साठ रुपए हर माह मिल जाते हैं। बहुत, बहुत समय पहले, जब मुझे साढ़े तीन सौ रुपए महीने के मिलते थे और कबाड़ भी, कलकत्ता में एक बड़े काठ के ठेके पर, तब मेरी एक किस्म की बीवी हुआ करती थी। लेकिन अब वह मर चुकी है। लोगों का कहना था कि मैंने काला धुआँ पीकर उसे मार डाला। शायद यह सच था, मगर इसे इतना लंबा समय हो चुका है कि अब इसका कोई मतलब नहीं रहा। जब मैं पहले-पहल द्वार में आया था तो कभी-कभी मैं इस पर अफसोस करता था; मगर वह सब बहुत पहले बीत चुका है और मुझे मेरे साठ रुपए हर महीने मिल जाते हैं—नए-नए और मैं बहुत खुश हूँ। पीकर खुश नहीं, यह समझ लीजिए, बल्कि हमेशा खामोश, शांत और संतुष्ट।

मुझे इसकी लत कैसे लगी? इसकी शुरुआत कलकत्ता में हुई। पहले मैं अपने घर में ही इसे ले लिया करता था, तब मैं बस देखना चाहता था कि यह होता कैसा है। मैं कभी बहुत दूर नहीं गया, मगर मैं सोचता हूँ कि तब मेरी बीवी मर चुकी होगी। जो भी हो, मैं यहाँ आ पहुँचा और फंग-चिंग से मेरी

जान-पहचान हो गई। मुझे यह तो ठीक-ठीक याद नहीं कि वह सब कैसे हुआ; मगर उसने मुझे द्वार के बारे में बताया और मैं वहाँ जाने लगा और जैसे भी हुआ हो, तब से मैं उससे बाहर नहीं निकल पाया। वैसे, आप इस बात को ध्यान में रखें कि फंग-चिंग के समय में द्वार एक सम्मानजनक स्थान था, जहाँ आप आराम से वक्त बिता सकते थे। और यह उन चंडूखानों की तरह तो बिल्कुल भी नहीं था, जहाँ हब्शी लोग जाते थे। नहीं, यह साफ-सुथरा और शांत था और इसमें भीड़-भाड़ नहीं होती थी। यह सच है कि वहाँ और फंग-चिंग के अलावा हम दस और भी थे; मगर हम सबको हमेशा ही अलग-अलग चटाई व गद्देदार हेडपीस मिलता था, जिस पर कोने में रखे उस ताबूत की तरह सारे में काले, लाल ड्रैगन और दूसरी चीजें बनी होती थीं।

तीसरी चिलम के खत्म होते ही वे ड्रैगन हरकत करने और लड़ने लगते थे। मैंने उन्हें कई-कई रात ऐसा करते देखा है। मैं अपनी चिलमों का हिसाब इसी तरीके से रखता था और अब एक दर्जन चिलम पी लेने के बाद ही उनमें हरकत होती है। यही नहीं, वे सब फटे और गंदे हैं, चटाइयों की तरह। फंग-चिंग अब मर चुका है। वह दो साल पहले मरा था और मुझे वह चिलम दे गया था, जिसका इस्तेमाल मैं अब करता हूँ। यह चाँदी की चिलम है, जिसके प्याले के नीचे की रिसीवर बोतल में अजीब से जानवर ऊपर-नीचे रेंगते रहते हैं। मैं सोचता हूँ कि उससे पहले मैं बाँस की एक बड़ी चिलम का इस्तेमाल करता था, जिसका प्याला ताँबे का था और बहुत छोटा था और माउथपीस हरे रंग के जेड पत्थर का था। यह टहलने की छड़ी से थोड़ा-सा मोटा था और इसका धुआँ मीठा, बहुत मीठा होता था। बाँस जैसे धुएँ को सोख लेता था। चाँदी में ऐसा नहीं होता और मुझे इसे रह-रहकर साफ करना पड़ता है, जिसमें बहुत परेशानी होती है; मगर मैं बुढ़ऊ की खातिर इसे पीता हूँ। उसने जरूर मुझसे फायदा उठाया होगा, मगर वह मुझे हमेशा साफ चटाइयाँ और तकिए देता था और उसका माल सबसे बढ़िया होता था।

जब वह मर गया तो उसके भतीजे सिन-लिंग ने द्वार को अपने हाथों में ले लिया और उसने उसे नाम दिया 'तीन कब्जों का मंदिर'; मगर हम पुराने

लोग उसे 'सौ दु:खों का द्वार' ही कहते रहे। भतीजा बहुत गंदगी से सारा काम करता है और मैं सोचता हूँ कि मेमसाहब को उसका हाथ बँटाना चाहिए। वह उसके साथ रहती है; जैसे वह बुढ़ऊ के साथ रहती थी। ये दोनों हर तरह के नीच लोगों को, हब्शियों और सभी को अंदर आने देते हैं और काला धुआँ अब वैसा अच्छा नहीं है जैसा पहले हुआ करता था। मुझे मेरी चिलम में कितनी ही बार जली हुई भूसी मिली है। अगर बुढ़ऊ के समय में ऐसा होता तो वह तो मर ही जाता। यही नहीं, कमरे की कभी सफाई भी नहीं होती और सारी चटाइयाँ किनारे से कट-फट गई हैं। ताबूत उस बुढ़ऊ के साथ फिर से चीन जा चुका है और उसके अंदर दो औंस धुएँवाला माल भी, कि शायद रास्ते में उसे उसकी जरूरत पड़े।

अब जॉस देवता की नाक के नीचे भी उतनी अगरबत्तियाँ नहीं जलाई जातीं, जितनी पहले; यह पक्के तौर पर दुर्भाग्य की निशानी है। वह बिल्कुल भूरा हो गया है और उसकी देखभाल करनेवाला कोई नहीं है। मैं जानता हूँ, यह मेमसाहब का काम है; क्योंकि जब सिन-लिंग ने जॉस के आगे सुनहरा कागज जलाना चाहा था तो मेमसाहब ने यह कह दिया था कि यह पैसों की बरबादी है और अगर वह अगरबत्ती को बहुत धीरे-धीरे जलता रखेगा तो जॉस को कोई फर्क महसूस नहीं होगा। इस तरह, अब अगरबत्तियों में ढेर सारा गोंद मिला दिया जाता है और वे आधा घंटा ज्यादा जलती हैं और उनमें बदबू भी आती है; कमरे की अपनी जो गंध है उसकी तो बात ही छोड़िए। अगर कोई ऐसा कुछ करता है तो कोई भी धंधा नहीं चलनेवाला। जॉस देवता इसे पसंद नहीं करता, यह मुझे दिखाई पड़ रहा है। कभी-कभी देर रात को वह तरह-तरह के रंग—नीला, हरा और लाल—बदलता है, ठीक वैसे ही जैसे बुढ़ऊ फंग-चिंग के जिंदा रहते किया करता था और वह किसी दैत्य की तरह अपनी आँखें घुमाता तथा पैर पटकता है।

पता नहीं क्यों, मैं उस जगह को नहीं छोड़ देता और बाजार के मेरे अपने छोटे से कमरे में खामोशी से धुएँ का सेवन करता। जैसे अगर मैं यहाँ से गया तो सिन-लिंग मुझे मार डालेगा; क्योंकि मेरे साठ रुपए अब वह लेता

है—और फिर, इसमें परेशानी भी बहुत है और मुझे द्वार से बहुत लगाव भी हो गया है। यह ज्यादा देखने लायक नहीं है। अब वह वैसा नहीं रह गया जैसा बुढ़ऊ के समय था; मगर मैं इसे छोड़ नहीं सकता। मैंने कितनों को यहाँ आते और यहाँ से जाते देखा है। और मैंने कितनों को ही यहाँ चटाइयों पर मरते देखा है, कि अब मुझे खुले में मरने से डर लगेगा। मैंने कुछ ऐसी चीजें देखी हैं, जिन्हें लोग काफी अजीब बताएँगे; मगर जब आप काले धुएँ के असर में होते हैं तो कुछ भी अजीब नहीं होता, सिवाय काले धुएँ के। और अगर यह अजीब है तो इससे कुछ फर्क नहीं पड़नेवाला। फंग-चिंग अपने लोगों को लेकर वहुत होशियार रहता था और ऐसे किसी शख्स को अंदर नहीं आने देता था] जो इस तरह गड़बड़ी में मरे। मगर भतीजा इसका आधा भी सतर्क नहीं है। वह सबसे बता देता है कि वह एक 'अव्वल दर्जे का' अड्डा चलाता है। कभी कोशिश नहीं करता कि लोग खामोशी से अंदर आएँ और आराम से रहें, जैसा कि फंग-चिंग करता था। यही वजह है कि अब लोग द्वार को पहले से कुछ ज्यादा जानने लगे हैं। सच, हब्शी लोग। भतीजे में इतनी हिम्मत नहीं है कि वह यहाँ किसी गोरे या मिली-जुली चमड़ीवाले को अंदर आने दे। हाँ, उसे हम तीन को—मुझे, मेमसाहब और उस दूसरे यूरेशियाई को—यहाँ रखना पड़ता है। हम यहाँ स्थायी हैं। मगर वह हमें चिलम भर का भी उधार नहीं देता—किसी चीज का भी नहीं।

मुझे उम्मीद है, आज कल में मैं द्वार में मर जाऊँगा। वह फारसी और वह मद्रासी तो अब बहुत ज्यादा काँपने लगे हैं। एक लड़का उनकी चिलमें जलाता है। मैं हमेशा अपने आप ही जलाता हूँ। बहुत संभव है, मैं खुद से पहले उन्हें ले जाए जाते देखूँगा। मुझे नहीं लगता कि मैं मेमसाहब या सिन-लिंग से ज्यादा जिऊँगा। 'काला धुआँ' में आदमियों से ज्यादा दिनों तक औरतें जीती हैं और सिन-लिंग में बुढ़ऊ का खून है, हालाँकि वह घटिया माल ही पीता है। उस बाजारू औरत को अपने समय से दो दिन पहले ही पता चल गया था कि वह कब जा रही है और वह साफ चटाई पर एक बढ़िया गुदगुदे तकिए के साथ मरी थी। बुढ़ऊ ने उसकी चिलम को जॉस के ठीक ऊपर

लटका दिया था। मुझे लगता है, वह उस औरत को हमेशा से ही पसंद करता था। मगर उसने उसके कंगन तो फिर भी ले ही लिये।

मैं उस बाजारू औरत की तरह ही मरना चाहूँगा—एक साफ व ठंडी चटाई पर, अपने होंठों में बढ़िया माल की चिलम दबाए। जब मुझे लगेगा कि मैं जा रहा हूँ तो मैं सिन-लिंग से ये चीजें माँगूँगा और वह जब तक चाहे, मेरे साठ रुपए हर माह ले सकता है, नए-नए। फिर मैं चुपचाप, आराम से लेट जाऊँगा और काले व लाल ड्रैगनों को उनकी आखिरी बड़ी लड़ाई लड़ते देखूँगा; और फिर···

खैर, उससे कोई फर्क नहीं पड़ता। मुझे किसी भी बात से कोई ज्यादा फर्क नहीं पड़ता। बस, मैं तो यही चाह रहा हूँ कि सिन-लिंग काले धुएँ में भूसी न भरे।

□

12

लिसपेथ

देखो, तुमने प्यार को निकाल बाहर किया है!
क्या देवता हैं ये जिन्हें तुम कहते हो मुझे है प्रसन्न करना?
एक में तीन, तीन में एक? ऐसा नहीं!
मुझे जाने दो मेरे ही देवों के पास!
शायद वे दें मुझे अधिक शांति
तुम्हारे निर्दय ख्रीष्ट और उलझे त्रिदेवों की अपेक्षा।

—द कन्वर्ट

वह हिमालय के एक पहाड़ी सोनू और उसकी पत्नी जादे की बेटी थी। एक साल उनकी फसल बेकार हो गई। दो रीछ उनके इकलौते अफीम के खेत में रात भर रहे, जो कोटगढ़ की तरफ सतलज घाटी के ठीक ऊपर था। इसलिए अगले ही मौसम में वे ईसाई हो गए और अपनी बेटी को बपतिस्मा (नामकरण) की रस्म के लिए मिशन में ले आए। कोठगढ़ के पादरी ने उसका नाम रखा एलिजाबेथ और 'लिसपेथ' उसका पहाड़ी उच्चारण है।

बाद में, कोटगढ़ घाटी में हैजा फैला, जो सोनू और जादे को अपने साथ

ले गया। लिसपेथ उस समय कोटगढ़ के पादरी की बीवी की आधी नौकरानी और आधी संगिनी बन गई। यह किस्सा उस जगह मोराविया के मिशनरियों के राज के बाद का और उस समय का है, जब कोटगढ़ नगरी 'उत्तरी पहाड़ियों की रानी' की अपनी उपाधि को बिल्कुल भूली नहीं थी।

ईसाई धर्म ने लिसपेथ की हालत में सुधार किया या किन्हीं भी हालात में उसके अपने कुल देवताओं ने उसके लिए यही किया होता, यह तो मैं नहीं जानता; पर वह निकली बहुत प्यारी। जब कोई पहाड़ी लड़की प्यारी निकलती है तो वह 50 मील जाने लायक हो जाती है। लिसपेथ का चेहरा यूनानी था—ऐसा चेहरा, जिसकी तसवीर तो लोग बहुत बनाते हैं, लेकिन जो दिखाई बहुत कम देता है। वह पीली, हाथी दाँत के रंग की थी और अपनी नस्ल के हिसाब से बहुत लंबी थी। उसकी आँखें भी गजब की थीं। अगर वह मिशन के प्रभाव में ऊटपटाँग छापेवाले कपड़े न पहनती होती तो आप पहाड़ी में अचानक टकरा जाने पर नहीं समझते कि वह असली रोमन डायना है, जो वध करने निकली है।

लिसपेथ ने ईसाई धर्म को तपाक से अपना लिया और औरत बन जाने पर भी उसे नहीं छोड़ा, जैसे कि कुछ पहाड़ी लड़कियाँ करती हैं। उसके अपने लोग उससे नफरत करते थे, क्योंकि उनके हिसाब से यह गोरी मेम हो गई थी, जो हर रोज नहाती थी। और पादरी की बीवी की समझ में यह नहीं आता था कि वह उसका क्या करे। अब जूते पहनकर पाँच फीट दस इंच की लंबाई तक पहुँचनेवाली कद्दावर देवी से यह तो कह नहीं सकते कि प्लेटें और तश्तरियाँ धोए। वह पादरी के बच्चों के साथ खेलती और संडे स्कूल (धार्मिक कक्षा) में पढ़ाती थी। उसने घर में रखी सारी किताबें पढ़ ली थीं और परी-कथाओं की राजकुमारियों की तरह वह और भी खूबसूरत होती जा रही थी। पादरी की बीवी का कहना था कि उसे शिमला में नर्स की या ऐसी ही कोई शराफत की नौकरी कर लेनी चाहिए। लेकिन लिसपेथ नौकरी नहीं करना चाहती थी। वह जहाँ थी वहाँ बहुत खुश थी।

वैसे तो उन दिनों कोटगढ़ में कोई ज्यादा मुसाफिर नहीं आते थे, फिर भी अगर कोई आ जाता तो लिसपेथ अपने आपको अपने कमरे में बंद कर लेती

थी; क्योंकि वह डरती थी कि वे उसे शिमला या फिर उस अनजानी दुनिया में न ले जाएँ।

सत्रह की होने के कुछ महीनों बाद की बात है, लिसपेथ टहलने निकली। वह अंग्रेजनों की तरह नहीं टहलती थी कि डेढ़ मील तो चली और फिर गाड़ी में बैठकर वापस आ गई। वह छोटी सी सैर करती और उसमें कोटगढ़ व नरकुंडा के बीच बीस-तीस मील का चक्कर लगा लेती थी। इस बार वह पूरा धुँधलका हो जाने पर गरदन-तोड़ ढलान पर उतरती हुई कोटगढ़ में आई। अपने हाथों में वह कुछ भार उठाए हुए थी। पादरी की बीवी उस समय बैठक में झपकियाँ ले रही थी। लिसपेथ वह बोझ उठाए हाँफती और बेहद त्रस्त हालत में अंदर आई। उसने उसे सोफे पर रख दिया और बड़ी मासूमियत से कह दिया, "यह मेरा पति है। मुझे यह बागी रोड पर मिला। इसे चोट लग गई है। हम इसकी देखभाल करेंगे। और जब यह ठीक हो जाएगा तो आपके पति इससे मेरी शादी कर देंगे।"

लिसपेथ ने पहली बार शादी के बारे में अपना मुँह खोला था और पादरी की बीवी उसकी बात सुनकर भय से चीख पड़ी थी। बहरहाल, सोफे पर पड़े उस आदमी पर ध्यान देना पहले जरूरी था। वह एक जवान अंग्रेज था और उसका सिर किसी नुकीली चीज से हड्डी तक कट गया था। लिसपेथ का कहना था कि यह उसे पहाड़ी पर मिला था और वह इसे यहाँ ले आई थी। उसकी साँस उखड़ रही थी और वह बेहोश था।

पादरी ने उसे बिस्तर पर लिटाया और उसकी देखभाल शुरू की। उसे चिकित्सा की थोड़ी जानकारी थी। लिसपेथ इस बीच दरवाजे के बाहर ही खड़ी रही कि शायद उसकी जरूरत पड़ जाए। उसने पादरी को समझाया कि वह इसी आदमी से शादी करना चाहती है। पादरी और उसकी बीवी ने उसकी इस बेजा हरकत के लिए उसे अच्छा-खासा भाषण पिलाया। लिसपेथ चुपचाप सुनती रही और उसने फिर अपनी पहलीवाली बात दुहरा दी। पहली नजर में प्यार करने लगना जैसी पुरबिया आदत को खत्म करने के लिए बहुत सारी ईसाइयत की जरूरत होती है। लिसपेथ को जब वह आदमी मिल गया था, जिसकी वह पूजा करती थी तो फिर यह बात उसकी समझ से परे थी कि उसे अपनी पसंद के बारे

में खामोश क्यों रहना चाहिए। और वह यह भी नहीं चाहती थी कि उसे कहीं भेज दिया जाए। वह तो बस उस अंग्रेज के ठीक होने तक उसकी तीमारदारी कर उससे शादी करना चाहती थी। यही उसका कार्यक्रम था।

एक पखवाड़े की हरारत और सूजन के बाद उस अंग्रेज की सूझ-बूझ लौट आई और उसने पादरी, उसकी बीवी तथा लिसपेथ—खासकर लिसपेथ—को उनकी मेहरबानी के लिए शुक्रिया कहा। उसने बताया कि वह पूरब की यात्रा पर आया था—उन दिनों 'विश्व यात्री' की बात कभी नहीं होती थी, जब पी. एंड ओ. बेड़ा आकार और उम्र दोनों में छोटा था—और अभी वह देहरादून से पौधों व तितलियों की तलाश में शिमला की पहाड़ियों में आया था। इसलिए शिमला में उसके बारे में कोई कुछ नहीं जानता था। उसका खयाल था कि जरूर वह किसी पेड़ के जर्जर तने से किसी फर्न पौधे तक पहुँचने के चक्कर में खड़ी चट्टान के ऊपर से गिर गया होगा और उसके कुली उसका सामान चुराकर भाग गए होंगे। वह सोच रहा था कि थोड़ी ताकत आ जाए तो वह वापस शिमला चला जाएगा। वह पहाड़ों पर अब और चढ़ाई नहीं करना चाहता था।

उसने वहाँ से जाने की कोई हड़बड़ी नहीं की और धीरे-धीरे ही अपनी ताकत वापस हासिल की। लिसपेथ तो पादरी या उसकी बीवी के सलाह देने पर ऐतराज करती थी, इसलिए पादरी की बीवी ने उस अंग्रेज से बात की और उसे लिसपेथ के जज्बात के बारे में बताया। वह यह सब सुनकर खूब हँसा और बोला कि यह तो बड़ी प्यारी और रूमानी स्थिति थी, लेकिन चूँकि अपने वतन में एक लड़की से उसका रिश्ता हो चुका था, अत: उसे नहीं लगता था कि इस मामले में कुछ हो पाएगा। बेशक वह होशियारी से काम लेगा। और उसने वैसा ही किया। फिर भी उसे लिसपेथ से बात करने में, लिसपेथ के साथ टहलने में और उससे अच्छी-अच्छी बातें करने में और उसे प्यार के नाम से बुलाने में बहुत मजा आता था; जबकि वह इतना मजबूत हो चला था कि वहाँ से जा सके। उसके लिए तो यह कुछ मायने नहीं रखता था, लेकिन लिसपेथ के लिए दुनिया में यही सबकुछ था। पखवाड़े भर वह बहुत खुश रही कि उसे प्यार करने के लिए एक आदमी मिल गया था।

जन्म से जंगली होने के नाते उसने अपनी भावनाओं को छिपाने का कोई

प्रयास नहीं किया और उस अंग्रेज के लिए यह मजे की बात थी। जब वह वहाँ से चला तो लिसपेथ पहाड़ी पर कम-से-कम नरकुंडा तक उसके साथ-साथ गई। वह बहुत परेशान और बहुत दुखी हाल थी। पादरी की बीवी एक नेकदिल ईसाई थी और उसे किसी तरह के झमेले या बदनामीवाली बात कतई पसंद नहीं थी। जबकि लिसपेथ उसके काबू में नहीं थी—और उसने उस अंग्रेज से कह दिया था कि वह लिसपेथ से कह दे कि वह उससे शादी करने वापस आ रहा है।

"देखो, वह बिल्कुल बच्ची है और मुझे तो लगता है कि वह दिल से काफिर भी है।" पादरी की बीवी ने कहा था।

इसलिए पहाड़ी पर बारह मील के पूरे रास्ते भर वह अंग्रेज लिसपेथ की कमर में हाथ डाले उसे यकीन दिलाता रहा कि वह वापस आएगा और उससे शादी करेगा; और लिसपेथ उससे बार-बार यही वादा करवाती रही। वह नरकुंडा रिज पर तब तक रोती रही जब तक वह मटियानी मार्ग पर पहुँचकर ओझल नहीं हो गया।

फिर लिसपेथ ने अपने आँसू पोंछे और वापस कोटगढ़ आ गई और पादरी की बीवी से बोली, "वह लौटकर आएगा और मुझसे शादी करेगा। वह अपने लोगों के पास उन्हें यह बताने गया है।"

पादरी की बीवी ने लिसपेथ को तसल्ली देते हुए उससे कहा, "वह वापस आएगा।"

जब दो महीने बीत गए तो लिसपेथ का सब्र जवाब दे गया और उससे कहा गया कि वह अंग्रेज समुद्र पार इंग्लैंड गया है। उसे पता था कि इंग्लैंड कहाँ है, क्योंकि उसने भूगोल की पहली पोथियाँ पढ़ रखी थीं; मगर हाँ, पहाड़ी लड़की होने के नाते उसे समुद्र की फितरत का कोई पता नहीं था। घर में विश्व का एक पुराना पहेलीवाला नक्शा था। लिसपेथ जब छोटी सी थी तो उससे खेला करती थी। उसने उसे फिर से खोज-खाजकर निकाला। संध्याओं में उसने उसे जोड़ा और मन-ही-मन रोते हुए यह कल्पना करने की कोशिश की कि उसका अंग्रेज कहाँ होगा। अब उसे दूरी या स्टीम नौकाओं का तो कोई इल्म था नहीं, इसलिए उसके खयाल भी कुछ अजीब ही होते थे। अगर वह

बिल्कुल सही भी होती, तब भी उससे कोई फर्क पड़ने वाला नहीं था; क्योंकि एक पहाड़ी लड़की से शादी करने के लिए लौटने का उस अंग्रेज का कोई इरादा नहीं था। असम में तितलियों की तलाश के समय तक वह उसे पूरे तौर पर भूल चुका था। बाद में उसने पूरब पर एक पुस्तक भी लिखी। उसमें लिसपेथ का नाम नहीं था।

तीन महीने बीत जाने पर लिसपेथ हर रोज नरकुंडा की तीर्थ-यात्रा करने लगी कि उसका अंग्रेज सड़क पर आता दिखाई दे जाए। इससे उसे चैन मिलता था और उसे खुश देखकर पादरी की बीवी सोचती थी कि वह अपनी बर्बर और सर्वथा अशोभनीय मूर्खता से उबर रही थी। कुछ समय बाद टहलने से भी लिसपेथ को मदद मिलनी बंद हो गई और वह बहुत चिड़चिड़ी हो गई। पादरी की बीवी ने सोचा कि यही सही समय था कि उसे लिसपेथ को सबकुछ सच-सच बता देना चाहिए—कि उस अंग्रेज ने केवल लिसपेथ को खामोश रखने के लिए ही उससे प्यार का वादा किया था—कि उसने यह बस यूँ ही कह दिया था—कि उसका कभी ऐसा कोई इरादा नहीं रहा और यह भी कि लिसपेथ के लिए एक अंग्रेज से शादी की बात सोचना गलत और गैर-मुनासिब था, जो उम्दा मिट्टी का बना था और अपनी ही कौम की एक लड़की से उसकी शादी तय हो चुकी थी।

लिसपेथ बोली कि यह सब बिल्कुल असंभव था; क्योंकि उसने कहा था कि वह मुझसे प्यार करता है और पादरी की बीवी ने खुद अपने मुँह से कहा था कि वह अंग्रेज वापस आ रहा है।

''उसने और आपने जो कहा वह झूठ कैसे हो सकता है?'' लिसपेथ ने सवाल किया।

''हमने तो एक बहाने के तौर पर तुमसे ऐसा कहा, ताकि तुम खामोश रहो, मेरी बच्ची।'' पादरी की बीवी ने कहा।

''तो आपने मुझसे झूठ बोला?'' लिसपेथ ने कहा, ''आपने और उसने?''

पादरी की बीवी ने सिर झुका लिया। वह कुछ बोली नहीं। लिसपेथ भी कुछ देर खामोश रही; फिर वह घाटी की तरफ निकल गई और फिर लौटी तो एक पहाड़ी लड़की की पोशाक में थी—बेहद गंदी। लेकिन वह नाक में लौंग

और कानों में बालियाँ नहीं पहने थी। उसने बालों की लंबी चोटी बनाई हुई थी और उसके सहारे के लिए उसने काला धागा लगा रखा था, जो पहाड़ी औरतें पहनती हैं।

''मैं अपने लोगों के पास वापस जा रही हूँ।'' उसने कहा, ''आपने लिसपेथ को मार दिया है। अब बस बूढ़ी जादे की बेटी बची है—एक पहाड़ी की बेटी और ताड़का देवी की दासी। आप सब झूठे हैं, आप अंग्रेज लोग।''

जब तक पादरी की बीवी इस ऐलान के झटके से उबर पाती कि लिसपेथ वापस अपनी माँ के देवों के पाले में चली गई है। लिसपेथ वहाँ से जा चुकी थी और वह फिर कभी वापस नहीं आई।

वह बड़े जंगलीपन से अपने गंदे लोगों में जा मिली, मानो वह उस जिंदगी की भरपाई कर रही हो जिससे वह निकल गई थी। और कुछ ही दिनों में उसने एक लकड़हारे से शादी कर ली, जो पहाड़ियों की तरह ही उसे पीटता था। और, उसकी खूबसूरती जल्दी ही ढल गई।

''ऐसा कोई कानून नहीं है, जिससे आप काफिरों की सनक का हिसाब कर सकें।'' पादरी की बीवी ने कहा, ''और, मैं यकीन से कह सकती हूँ कि लिसपेथ दिल से हमेशा काफिर ही थी।'' यह देखते हुए कि उसे पाँच हफ्ते की पकी उम्र में चर्च ऑफ इंग्लैंड में ले लिया गया था, ये शब्द पादरी की बीवी की प्रतिष्ठा नहीं बढ़ाते।

लिसपेथ बहुत बूढ़ी होकर मरी। अंग्रेजी पर उसका हमेशा पूरा अधिकार रहा। और जब वह खूब पिए होती थी तो कभी-कभी उससे उसके पहले प्यार की कहानी सुनी जा सकती थी।

तब यह समझना मुश्किल था कि ठीक जले कपड़े की गठरी-सी, मुरझाई और झुर्रियों से ढकी वह चीज कभी कोटगढ़ मिशन की लिसपेथ रही होगी।

□

13

मुहम्मद दीन की कहानी

सुखी कौन है ? वह, जो देखता है अपने ही घर में, धूल में सने, कूदते और गिरते व रोते।

—मुनिचंद्र

पोलो की गेंद पुरानी, धब्बेदार, उधड़ी हुई थी और उसमें गड्ढे हो गए थे। वह मैंटलपीस पर उन चिलमों के बीच रखी थी, जिन्हें इमामदीन खिदमतगार मेरे लिए साफ कर रहा था।

''हुजूर को इस गेंद की जरूरत है क्या?'' इमामदीन ने इज्जत के साथ कहा।

हुजूर के लिए इसकी कोई खास अहमियत नहीं थी; मगर एक खिदमतगार के लिए पोलो की गेंद किस काम की हो सकती थी?

''आपकी मेहरबानी से मेरे एक नन्हा बेटा है। उसने इस गेंद को देख लिया है और वह इससे खेलना चाहता है। मुझे यह गेंद अपने लिए नहीं चाहिए।''

कोई भी ऐसा नहीं होगा, जो बुजुर्ग इमामदीन पर यह इलजाम लगाएगा कि वह पोलो की गेंद से खेलना चाहता है। वह इस टूटी-पिचकी गेंद को

बाहर बरामदे में ले गया और उसके बाहर जाते ही जैसे खुशियों भरी चहक का एक बवंडर उठा, छोटे-छोटे पाँवों को पटकने की आवाज आई और फिर जमीन पर गेंद के लुढ़कने की आवाज सुनाई दी। साफ था कि नन्हा बेटा अपने खजाने के लिए दरवाजे के बाहर इंतजार में था। मगर उसने वह पोलो की गेंद देख कैसे ली?

अगले दिन मैं और दिनों से आधा घंटा पहले ही दफ्तर से लौट आया और मुझे यह एहसास हुआ कि खाने के कमरे में एक नन्हा बच्चा मौजूद था। वह बहुत छोटा-सा एवं थुलथुल था और उसकी ओछी कमीज उसके मोढ़े पर शायद आधी ही पहुँच रही थी। वह मुँह में अँगूठा लिये पूरे कमरे में घूम रहा था और तसवीरों का मुआयना करता हुआ अपने आप में ही गुनगुना रहा था। मैं जान गया कि बेशक वह 'नन्हा बेटा' ही था।

सच में, मेरे कमरे में उसका कोई काम नहीं था; मगर वह अपनी खोज में इतना मशगूल था कि दरवाजे पर मेरी मौजूदगी की तरफ उसका ध्यान ही नहीं गया। मैंने कमरे में कदम रखा तो वह बहुत बुरी तरह से चौंक गया। वह उसाँस भरकर जमीन पर बैठ गया। उसकी आँखें खुल गईं और उसका मुँह भी। मैं समझ गया कि आगे क्या होने वाला है। मैं वहाँ से निकल गया और मेरे पीछे एक लंबी-सूखी हुंकार उठी, जो इतनी तेजी से नौकरों के क्वार्टरों में जा पहुँची जितनी जल्दी मेरी कोई आवाज भी कभी नहीं पहुँची थी। दस सेकंड में इमामदीन खाने के कमरे में था। फिर वह निराश करनेवाली सिसकियों की आवाज उठी और जब मैं वहाँ लौटा तो इमामदीन उस नन्हे गुनहगार को फटकार रहा था, जो अपनी कमीज के बड़े हिस्से को रूमाल की तरह इस्तेमाल कर रहा था।

"यह लड़का," इमामदीन ने इनसाफ करने के अंदाज में कहा, "बदमाश है—एक बड़ा बदमाश। उसने जो बरताव किया है, उसके लिए उसे जरूर जेलखाना जाना पड़ेगा।" उस छोटे से पश्चात्तापी लड़के ने फिर चीखना शुरू कर दिया और इमामदीन मुझसे माफी माँगने लगा।

"बच्चे से कहो," मैं बोला, "कि साहब गुस्सा नहीं हैं और उसे ले जाओ।"

इमामदीन ने मेरी माफी की बात उस कुसूरवार को बताई, जिसने अब अपनी पूरी कमीज एक तार की तरह अपनी गरदन पर लपेट ली थी और उसकी चिल्लाहट दबकर एक सिसकी में तब्दील हो गई थी। दोनों दरवाजे की तरफ चल दिए। "इसका नाम" इमामदीन ने इस तरह से कहा मानो उसका नाम उसके गुनाह का हिस्सा हो, "मुहम्मद दीन है और वह बदमाश है।" मौजूदा खतरे से आजाद हो जाने पर मुहम्मद दीन अपने बाप की बाँहों में पलटकर संजीदगी से बोला, "यह सच है कि मेरा नाम मुहम्मद दीन है, ताहब, मगर मैं कोई बदमाश नहीं हूँ। मैं एक आदमी हूँ।"

उस दिन से मुहम्मद दीन से मेरी जान-पहचान हो गई। वह मेरे खाने के कमरे में फिर कभी नहीं आया; मगर बगीचे के सामने जमीन पर हम एक-दूसरे का बहुत शान से अभिवादन करते थे। हालाँकि हमारी बातचीत उसकी तरफ से 'तलाम, ताहब' तक और मेरी तरफ से 'सलाम मुहम्मद दीन' तक सीमित रहती थी। हर रोज जब मैं दफ्तर से लौटता था तो वह छोटी सफेद कमीज और मोटा-छोटा शरीर बेल से ढँकी जाली की छाया से उठते थे, जहाँ वे छिपे होते थे और रोज ही मैं यहाँ अपने घोड़े की जाँच करता था, ताकि मेरे अभिवादन की उपेक्षा न हो पाए या वह अनुचित न लगे।

मुहम्मद दीन का कभी कोई साथी नहीं रहा। वह अहाते में एरंड की झाड़ियों के अंदर-बाहर न जाने अपने किन कामों से भागा-भागा फिरता रहता था। एक दिन मैं मैदान में काफी आगे की तरफ उसकी एक कारीगरी से टकरा गया। उसने पोलो की गेंद को मिट्टी में आधा गाड़ रखा था और उसके गिर्द गेंदा के छह पुराने मुरझाए फूलों का गोल घेरा बना रखा था। उस गोले के बाहर भी एक टेढ़ा-मेढ़ा चौकोर घेरा था, जो लाल ईंट के टुकड़ों से बनाया गया था, जिनके बीच-बीच में चीनी मिट्टी के बरतनों के टूटे टुकड़े थे और उन सबको मिट्टी के एक छोटे से ढेर से घेरा हुआ था। भिश्ती ने उस छोटे वास्तु शिल्पी की तरफदारी करते हुए कहा था कि यह बस एक बच्चे का खेल था और इससे मेरा बगीचा ज्यादा नहीं बिगड़ने वाला।

ऊपरवाला जानता है कि उस बच्चे की कारीगरी को छेड़ने का उस समय या बाद में भी मेरा कोई इरादा नहीं था। मगर, उस शाम बगीचे में टहलते समय

अनजाने में ही मैंने उस पर पूरे पैर रख दिए और इस तरह मेरे जानने से पहले ही गेंदा के फूल, मिट्टी का ढेर और टूटी साबुनदानी के टुकड़े मेरे पैरों तले इस कदर रौंद दिए गए कि फिर उन्हें ठीक करने की कोई गुंजाइश नहीं रही। अगली सुबह मेरी भेंट मुहम्मद दीन से हो गई, जो मुझसे हुई बरबादी पर चुपचाप धीमे-धीमे रो रहा था। किसी ने उससे बेरहमी से यह कह दिया था कि साहब तुमसे बहुत गुस्सा हैं कि तुमने उनका बगीचा खराब कर दिया है और वहाँ कूड़ा-कबाड़ फैला दिया है और वह बहुत बुरा-भला कह रहे थे। मुहम्मद दीन ने एक घंटा मेहनत करके मिट्टी के ढेर और बरतनों के टुकड़ों का एक-एक निशान मिटा दिया था और उसने आँसू भरकर और माफी माँगने के अंदाज में मेरे दफ्तर से घर लौटने पर कहा, ''तलाम ताहब।''

बहुत जल्दी से जो जाँच की गई, उसके बाद इमामदीन ने मुहम्मद दीन को बताया कि मैंने मेहरबान होते हुए उसे इजाजत दे दी थी कि वह जो चाहे कर सकता है। इससे उस बच्चे का हौसला बँधा और वह एक ऐसी इमारत का नक्शा बनाने में जुट गया, जो गेंदा और पोलो की गेंद की उस कारीगरी को भी फीका कर देने वाली थी।

कुछ महीनों तक वह गोल-मटोल मनमौजी बच्चा एरंड की झाड़ियों के अपने मामूली से दायरे में और मिट्टी में चक्कर लगाता रहा और हमेशा ही बेयरा के फेंके हुए बासी फूलों, पानी से चिकने हुए छोटे-छोटे पत्थरों, टूटे काँच के टुकड़ों और शायद मेरे परिंदों से उखाड़े गए पंखों से शानदार महल बनाता रहा—और वह हमेशा अकेला होता और अपने आप में गुनगुनाता रहता था।

एक दिन एक रंग-बिरंगी कौड़ी उसकी आखिरी नन्ही इमारत के पास डाल दी गई और मैं देखना चाहता था कि मुहम्मद दीन उसके बूते कोई असाधारण शानदार चीज बनाए और मुझे निराश भी नहीं होना पड़ा। उसने करीब एक घंटे सोच-विचार किया और उसकी गुनगुनाहट बढ़कर एक खुशी भरे गाने में तब्दील हो गई। फिर वह मिट्टी में नक्शा बनाने लगा। यह सचमुच एक अद्भुत महल बनने जा रहा था, क्योंकि यह जमीन पर दो गज लंबा और एक गज चौड़ा था। मगर महल कभी पूरा नहीं हुआ।

अगले दिन जब मैं घर लौटा तो गाड़ी के रास्ते के छोर पर मुहम्मद दीन

का कोई नामोनिशान नहीं था और मेरा स्वागत करने वाला 'तलाम ताहब' भी नहीं था। मैं उसके अभिवादन का आदी हो गया था और उसकी गैर-हाजिरी मुझे परेशान कर रही थी। अगले दिन इमामदीन ने मुझे बताया कि बच्चे को हल्का सा बुखार हो गया है और उसे कुनीन की जरूरत है। उसे दवा दे दी गई और एक अंग्रेज डॉक्टर का भी इंतजाम कर दिया गया।

''इन छोकरों में कोई दम-खम नहीं है।'' डॉक्टर ने इमामदीन के घर से निकलते हुए कहा था।

एक हफ्ते बाद वह हुआ जिससे मैं बचना चाह रहा था। मुझे मुसलमानों के कब्रिस्तान जानेवाली सड़क पर इमामदीन मिला। उसके साथ एक और दोस्त था। उसके हाथों में एक सफेद कपड़े में लिपटा एक गट्ठर था, जो कभी नन्हा मुहम्मद दीन हुआ करता था।

□

14

उसे राजा होना था

राजकुमार का भाई और भिखारी का साथी, अगर वह योग्य पाया जाए तो।

जैसा कि कहा गया है, कानून जिंदगी जीने के लिए एक सही रास्ता तय करता है और उस पर चलना आसान नहीं होता। मैं बार–बार एक भिखारी का साथी रहा हूँ और वह भी ऐसे हालात में, जब हम दोनों के ही लिए यह पता करना मुमकिन नहीं था कि दूसरा योग्य है या नहीं। मुझे अभी भी किसी राजकुमार का भाई होना है, हालाँकि एक बार मेरी ऐसे शख्स से नातेदारी होते–होते रह गई, जो सचमुच एक राजा हो सकता था और उसे एक पूरे राज्य—यनी फौज, अदालतों, मालगुजारी और नीति वगैरह सबकुछ—की विरासत का वादा किया गया था। मगर, आज मुझे बहुत डर है कि मेरा राजा मर चुका है और अगर मुझे राजा का ताज चाहिए तो मुझे खुद उसकी कोशिश करनी होगी।

इस सबकी शुरुआत अजमेर से महू जानेवाली ट्रेन में हुई। बजट में कमी हो गई थी और उसकी वजह से मुझे फर्स्ट क्लास के मुकाबले आधे महँगे

सेकंड क्लास में नहीं, बल्कि मध्यम दर्जे में सफर करना पड़ रहा था, जो सचमुच बहुत कष्टदायक होता है। मध्यम दर्जे में गद्दियाँ नहीं होतीं और उसमें सफर करनेवाले भी या तो मध्यम दर्जे के यानी यूरेशियाई या देसी होते हैं, जो लंबे सफर के लिहाज से गंदे होते हैं या लोफर यानी मजेदार मगर नशे में होते हैं। ये मध्यम दर्जे के लोग जलपान-कक्षों से कुछ नहीं खरीदते। वे अपना खाना गठरियों व बरतनों में लेकर चलते हैं और देसी मिठाई विक्रेताओं से मिठाइयाँ खरीदते हैं और सड़क किनारे का पानी पीते हैं। यही वजह है कि गरमी के मौसम में मध्यम दर्जे के लोगों को डिब्बों से मुरदा निकाला जाता है और सभी मौसमों में इसे हेय समझा जाता है।

मैं जिस मध्यम दर्जे में सफर कर रहा था वह नसीराबाद तक खाली रहा और वहाँ कमीज पहने एक बड़ा, काली भौंहोंवाला आदमी दाखिल हुआ और मध्यम दर्जेवालों के रिवाज के मुताबिक दिन का समय बिताने लगा। वह मेरी ही तरह एक घुमक्कड़ और आवारा था, मगर ह्विस्की के मामले में उसकी पसंद पढ़े-लिखों की थी। उसने जो कुछ देखा और किया था, उसके और हुकूमत के उन दूर-दराज कोनों के किस्से सुनाता रहा, जहाँ वह गया था और उन कारनामों के भी जिनमें उसने कुछ दिनों के खाने के लिए अपनी जान जोखिम में डाली थी।

"अगर हिंदुस्तान में तुम्हारे और मेरे जैसे आदमी होते, जिन्हें कौओं की तरह ही यह पता नहीं होता कि उन्हें अगले दिन का राशन कहाँ से मिलेगा तो यह देश मालगुजारी में सत्तर मिलियन नहीं बल्कि सात सौ मिलियन दे रहा होता।" वह बोला और जब मैंने उसके मुँह और ठुड्डी को देखा तो मुझे भी उससे सहमत होना पड़ा।

हमने सियासत के बारे में—लोफरगर्दी की सियासत के बारे में—बात की, जो चीजों को अंदर की तरफ से देखती है, जहाँ लकड़ी की फर्री और पलस्तर को चिकना नहीं किया गया होता—हमने डाक के इंतजाम के बारे में बात की, क्योंकि मेरा दोस्त अगले स्टेशन से वापस अजमेर एक तार भेजना चाहता था, जो पश्चिम की ओर सफर करते में बंबई (अब मुंबई) में महू लाइन पर रास्ता बदलनेवाला स्थान है। मेरे दोस्त के पास उन आठ आनों (आधा

रुपया) के अलावा एक पैसा भी नहीं था, जिसकी जरूरत उसे खाने के लिए थी और पहले बताए गए बजट घाटे की वजह से मेरे पास बिल्कुल भी पैसा नहीं था। यही नहीं, मैं एक बीहड़ में जा रहा था, जहाँ खजाने से मेरा तो संपर्क फिर से बन जाना था, मगर वहाँ तार घर एक भी नहीं था। इसलिए, मैं किसी भी तरह उसकी मदद करने में असमर्थ था।

''हम किसी स्टेशन मास्टर को धमकाकर उससे वक्त पर तार भिजवा सकते हैं।'' मेरे दोस्त ने कहा, ''मगर इससे तुमसे और मुझसे पूछताछ हो जाएगी और आजकल मेरे हाथ भरे हुए हैं। तुमने कहा कि तुम इस लाइन पर कुछ दिनों में वापस सफर पर आओगे?''

''दस दिनों में।'' मैंने कहा।

''आठ दिनों में नहीं आ सकते?'' उसने कहा, ''मेरा काम कुछ ज्यादा जरूरी है।''

''मैं तुम्हारा तार दस दिनों में भेज सकता हूँ, अगर उससे तुम्हारा काम चल जाए तो।'' मैंने कहा।

''मैं अब उसे लाने के लिए तार का भरोसा नहीं कर सकता। इसे इस तरह समझो। उसे 23 को दिल्ली से बंबई के लिए चलना है। इसका मतलब हुआ कि वह अजमेर से 23 की रात को निकलेगा।''

''मगर मैं तो हिंदुस्तानी रेगिस्तान में जा रहा हूँ।'' मैंने स्पष्ट किया।

''अच्छी बात है।'' वह बोला, ''तुम जोधपुर के इलाके में घुसने के लिए मारवाड़ जंक्शन पर गाड़ी बदलोगे—तुम्हें ऐसा करना ही होगा—और वह २४ को तड़के ही बंबई मेल से मारवाड़ जंक्शन से निकलेगा। क्या उस समय तुम मारवाड़ जंक्शन पर मौजूद रह सकते हो? इससे तुम्हें असुविधा नहीं होगी, क्योंकि मुझे पता है कि सेंट्रल इंडिया के इन राज्यों से काफी कुछ निकलता है—भले ही तुम बैकवुड्समैन का संवाददाता होने का ढोंग करो।''

''क्या तुमने कभी इस तिकड़म को आजमाया है?'' मैंने पूछा।

''बार-बार, मगर रेजीडेंट आपको ताड़ लेते हैं और इससे पहले कि आप उन्हें चाकू घोंपें, वे आपको सरहद पर छोड़ आते हैं। मगर वह जो मेरा दोस्त है, मुझे उसे जुबानी यह बताना ही होगा कि मेरा क्या हुआ, वरना उसे पता

नहीं चल पाएगा कि उसे कहाँ जाना है। तुम्हारी बहुत मेहरबानी होगी, अगर तुम सेंट्रल इंडिया से समय से निकलकर उसे मारवाड़ जंक्शन पर पकड़ सको और उससे यह कहो कि वह हफ्ते भर के लिए दक्षिण चला गया है। वह इसका मतलब समझ जाएगा। वह एक भारी-भरकम, लाल दाढ़ीवाला आदमी है और छैल-छबीला है। तुम्हें वह अपने तमाम सामान के साथ सेकंड क्लास के एक डिब्बे में एक शरीफ आदमी की तरह सोता मिलेगा। मगर तुम डरना नहीं। खिड़की पर जाकर यह कहना कि वह हफ्ते भर के लिए दक्षिण चला गया है और वह लुढ़क जाएगा। तुम्हें बस उन जगहों में अपने ठहरने में दो दिनों की कटौती करनी होगी। मैं तुमसे एक अजनबी के नाते कह रहा हूँ, जिसे पश्चिम में जाना है।'' उसने जोर देकर कहा।

''तुम आए कहाँ से हो?'' मैंने कहा।

''पूरब से।'' उसने कहा, ''और मैं उम्मीद करता हूँ कि तुम उसे यह संदेश स्क्वायर में दे दोगे—मेरी माँ की खातिर और मेरे लिए भी।''

अंग्रेज लोग अमूमन अपनी माँ के नाम पर की गई गुहार पर पिघलते नहीं हैं; मगर कुछ खास वजहों से, जो पूरे तौर पर स्पष्ट होगा, मुझे उससे सहमत होना ही ठीक लगा।

''यह कोई छोटा-मोटा मामला नहीं है।'' वह बोला, ''और मैंने इसलिए तुमसे यह करने को कहा है—और अब मैं जान गया हूँ कि मैं इस काम के लिए तुम पर निर्भर कर सकता हूँ। मारवाड़ जंक्शन पर सेकंड क्लास का एक डिब्बा और उसमें सोया हुआ लाल बालोंवाला एक आदमी। तुम्हें जरूर याद रहेगा। मैं अगले स्टेशन पर उतर जाऊँगा और जब तक वह नहीं आ जाता या मुझे वह नहीं भेज देता, जो मुझे चाहिए, मुझे वहीं रुकना होगा।''

''अगर मुझे वह मिल गया तो मैं यह संदेश दे दूँगा।'' मैंने कहा, ''और तुम्हारी और अपनी माँ की खातिर मैं तुम्हें एक सलाह दूँगा। इस समय सेंट्रल इंडिया के राज्यों को बैकवुड्समैन के संवाददाता की तरह चलाने की कोशिश मत करना; क्योंकि यहाँ एक असलीवाला घूम रहा है और इससे परेशानी खड़ी हो सकती है।''

''शुक्रिया!'' उसने कहा, ''और वह सुअर कब जाएगा? मैं इसलिए

भूखा नहीं मर सकता, क्योंकि वह मेरा काम खराब कर रहा है। मैं चाहता था कि यहाँ दिगंबर राजा को उसके पिता की विधवा के बारे में पकड़ता और उसे चौंका देता।''

''तो उसने अपने पिता की विधवा के साथ ऐसा क्या किया था?''

''उसे एक शहतीर से लटका दिया और उसके भीतर लाल मिरचें भर दीं और उसे चप्पल से मार-मारकर उसने उसकी जान ले ली। मैंने खुद इसका पता लगाया। मैं ऐसा अकेला आदमी हूँ, जो राज्य में जाकर चुप रहने का पैसा लेने की हिम्मत करूँगा। वे मुझे जहर देने की कोशिश करेंगे, जैसा उन्होंने चोरटमना में तब किया था, जब मैं वहाँ लूट-मार के लिए गया था। मगर तुम मारवाड़ जंक्शन पर उस आदमी को मेरा संदेश तो दे दोगे?''

वह एक छोटे से, सड़क किनारे के स्टेशन पर उतर गया और मैं सोचने लगा। मैंने कई बार सुन रखा था कि लोग अखबारों के संवाददाता बनकर छोटे-छोटे देसी राज्यों को भेद खोल देने की धमकी देते हैं; मगर इस जाति के किसी आदमी से पहले कभी मेरी मुलाकात नहीं हुई थी। वे मुश्किलों भरी जिंदगी जीते हैं और अकसर एकदम अचानक ही मर जाते हैं। देसी राज्य अंग्रेजी अखबारों से खौफ खाते हैं, क्योंकि वे उनके हुकूमत करने के अजीब तरीकों पर रोशनी डाल सकते हैं या उन्हें चार घोड़ोंवाली बग्घी से अपने दिमाग से निकाल सकते हैं या उन संवाददाताओं को शैंपेन में डुबो देने की भरसक कोशिश कर सकते हैं। वे यह नहीं समझते कि जब तक इन देसी राज्यों में जुल्म और जुर्म हद के अंदर रहते हैं और शासक साल भर नशे में डूबा या बीमार नहीं रहता, तब तक कोई इन राज्यों की अंदरूनी हुकूमत के बारे में खाक भी परवाह नहीं करता। ये धरती के अँधेरे स्थान हैं, जिनमें अकल्पनीय क्रूरता भरी पड़ी है तथा जिनके एक ओर रेलवे और तार विभाग हैं तो दूसरी ओर हारून-उल-रशीद का जमाना। ट्रेन से उतरने के बाद मैंने अलग-अलग राजाओं के साथ कामकाज किया और आठ दिनों में मैंने जिंदगी के कई बदलाव देखे। कभी तो मैंने खास कपड़े पहने और राजकुमारों व राजनेताओं से बात की, बिल्लौरी काँच के गिलासों से पिया और चाँदी के बरतनों में खाया। कभी मैं जमीन पर लेटा और जो भी मिला, उसे पत्तल में खाया और बहता पानी

पिया और अपने नौकर जैसे कंबल में सोया। यह सब मेरे काम के दौरान हुआ।

फिर मैं, अपने वादे के मुताबिक सही तारीख को ग्रेट इंडियन डिजर्ट की ओर बढ़ गया और रात की मेल ने मुझे मारवाड़ जंक्शन पर उतार दिया, जहाँ एक मजेदार, छोटी, मस्तमौला, देसी इंतजामवाली रेलवे जोधपुर की ओर जाती है। दिल्ली से आनेवाली बंबई मेल थोड़ी सी देर के लिए मारवाड़ में रुकती है। मेरे वहाँ जाते ही वह आ पहुँची और मेरे पास बस इतना ही समय था कि मैं जल्दी-जल्दी उस प्लेटफॉर्म पर पहुँचता और डिब्बों में झाँकता। ट्रेन में सेकंड क्लास का बस एक ही डिब्बा था। मैंने खिड़की को सरकाया और एक दहकती लाल दाढ़ी को देखा, जो रेलवे के कंबल में आधी ढँकी थी। मुझे इसी आदमी की तलाश थी, जो गहरी नींद में सोया हुआ था और मैंने धीरे से उसकी पसलियों को कोंचा। वह एक गुर्राहट के साथ जाग गया और मैंने बत्तियों की रोशनी में उसका चेहरा देखा। यह एक बड़ा और चमकदार चेहरा था।

''फिर से टिकट।'' वह बोला।

''नहीं।'' मैंने कहा, ''मैं तो बस, यह बताने आया हूँ कि वह हफ्ते के लिए दक्षिण चला गया है।''

''वह हफ्ते के लिए दक्षिण चला गया है।''

ट्रेन चल पड़ी थी। उस लाल आदमी ने अपनी आँखें मलीं।

''वह हफ्ते के लिए दक्षिण चला गया है।'' उसने इन शब्दों को दोहराया।

''यही तो उसकी बदतमीजी है। क्या उसने ऐसा कुछ कहा कि मैं तुम्हें कुछ दूँगा?''

''नहीं।'' मैंने कहा और मैं पीछे छूट गया और लाल बत्तियों को अँधेरे में गुम होते देखता रहा। ठंड बहुत भयंकर थी, क्योंकि हवा रेत पर से होकर बह रही थी। मैं अपनी ट्रेन में चढ़ गया। इस बार यह मध्यम दर्जे का डिब्बा नहीं था—और सो गया।

अगर उस दाढ़ीवाले आदमी ने मुझे एक रुपया दिया होता तो मैं उसे एक अजीब घटना की निशानी के तौर पर रख लेता। मगर मेरा फर्ज पूरा कर देने का एहसास ही मेरा एकलौता इनाम था।

बाद में मैंने इस बात पर विचार किया कि अगर मेरे इन दोस्तों जैसे दो

सज्जन इकट्ठे मिल बैठें और अखबारों के संवाददाता होने का उन्होंने ढोंग किया तो इससे कोई भला नहीं होगा और अगर उन्होंने सेंट्रल इंडिया या दक्षिण राजपूताना के किसी चूहेदानी छाप छोटे राज्य को ब्लैकमेल किया तो वे बहुत मुश्किल में पड़ सकते हैं। इसलिए मैंने थोड़ी परेशानी उठाते हुए उन दोनों का हुलिया अपनी तरफ से काफी सही-सही उन लोगों को बता दिया, जो उन्हें देश-निकाला देने में दिलचस्पी रख सकते थे। और बाद में मुझे इत्तिला मिली कि उन्हें दिगंबर की सरहदों से बाहर कर दिया गया था, जो मेरी कामयाबी थी।

तब मैं सम्माननीय हो गया और उस ऑफिस में लौटा, जहाँ रोज अखबार छपने के अलावा कोई राजा नहीं था और कोई घटना नहीं थी। अखबार के दफ्तर में अनुशासन की परवाह न करते हुए जैसे हर किस्म का शख्स खिंचा चला आता है। जनाना मिशन की महिलाएँ आती हैं और विनती करती हैं कि संपादक अपने सारे काम छोड़-छाड़कर फौरन एक दुर्गम गाँव की एक झुग्गी-झोंपड़ी बस्ती में एक क्रिश्चियन पुरस्कार वितरण समारोह का बखान करें। वे कर्नल आते हैं, जिनके आदेश की उपेक्षा कर दी गई है और वे बैठकर वरिष्ठता बनाम चुनाव पर दस, बारह या चौबीस लेखों की एक श्रृंखला की रूपरेखा बनाते हैं। वे मिशनरी आते हैं जो यह जानना चाहते हैं कि वे दुरुपयोग के अपने नियमित वाहनों से बचकर निकल क्यों नहीं सकते और संपादकीय 'वी' के विशेष संरक्षकत्व में किसी साथी मिशनरी को भला-बुरा कहते हैं। अटकी हुई थिएटर कंपनियाँ यह सफाई देने आती हैं कि वे अपने विज्ञापनों का पैसा नहीं दे सकतीं, मगर न्यूजीलैंड या ताहिती से लौटने पर ब्याज समेत चुकता कर देंगी; पेटेंट पंखा खींचनेवाली मशीनों, गाड़ी के कपलिंग और न टूटनेवाली तलवारों और एक्सल-टी की खोज करनेवाली जेबों में खास विवरण और घंटों की फुरसत लेकर आते हैं। चाय कंपनियाँ आती हैं और ऑफिस के पेन लेकर उनके बारे में तफसील से बताते हैं; बॉल कमेटियों के सेक्रेटरी यह गुहार लगाते हैं कि उनके पिछले नाच की शान को और भी मुकम्मल ढंग से बखान करें। अजनबी महिलाएँ सरसराती हुई आती हैं और कहती हैं, ''मुझे एक सौ महिलाओं के कार्ड फौरन प्रिंट करवाने हैं, प्लीज।'' जो साफ तौर पर एक संपादक के काम का हिस्सा है और ग्रांड ट्रंक रोड पर कभी मटरगश्ती कर चुका हर लंपट

प्रूफ-रीडर की नौकरी माँगने को अपना धंधा ही बना लेता है। और सारा समय टेलीफोन की घंटी पागलों की तरह बजती रहती है। महाद्वीप में राजा मारे जा रहे होते हैं और साम्राज्य कह रहे होते हैं—'तुम एक और हो' और मिस्टर ग्लैडस्टोन ब्रिटिश उपनिवेशों को बारूद की धमकी दे रहे होते हैं और छोटे-छोटे काले कॉपी बॉय थकी हुई मधुमक्खियों की तरह भिन-भिन कर रहे होते हैं, 'का-पी चा-हि-ए' और अधिकांश पेपर मोड्रिड की ढाल की तरह खाली है (मोड्रिड ने अपने अंकल राजा ऑर्थर के साथ गद्दारी की थी और दोनों लड़ाई में एक-दूसरे के हाथों मारे गए—रु.कि.)।

मगर वह तो साल का मजेदार हिस्सा है और छह महीने ऐसे होते हैं, जब कोई भी नहीं आता। थर्मामीटर इंच-इंच चलते हुए काँच के ऊपर तक पहुँच जाता है और ऑफिस अँधेरे में डूब जाता है। वहाँ पढ़ने लायक रोशनी से थोड़ी सी ज्यादा रोशनी होती है और प्रेस की मशीनें छूने में तपती लाल होती हैं और कोई भी हिल स्टेशनों पर मौज-मस्ती की खबरों या मृत्यु संदेशों के अलावा और कुछ भी नहीं लिखता। तब टेलीफोन एक घनघनाता आतंक बन जाता है; क्योंकि यह आपको उन आदमियों और औरतों की अचानक मौतों के बारे में बताता है, जिन्हें आप नजदीक से जानते थे और घमौरियाँ आपको एक कपड़ा ओढ़ा देती हैं और आप बैठकर लिखते हैं, ''बीमारी में हल्की सी बढ़ोतरी की खबर खुदा जनता खान जिले से आई है। यह बिल्कुल छिटपुट तौर पर ही फैली है और जिला हाकिमों की जोशीली कोशिशों की बदौलत यह अब करीब-करीब खात्मे पर है। बहरहाल, बहुत अफसोस के साथ हम मौत की खबर दे रहे हैं।'' वगैरह-वगैरह।

फिर बीमारी सचमुच फैल जाती है और जितनी कम खबर दी जाए, अखबार के ग्राहकों की शांति के लिए उतना ही अच्छा रहता है। मगर साम्राज्य और राजे पहले की तरह अपना ध्यान कहीं और लगाते रहते हैं। फोरमैन सोचता है कि एक दैनिक अखबार को सचमुच चौबीस घंटों में एक बार छपना चाहिए। हिल स्टेशनों पर मौजूद सारे लोग अपनी मौज-मस्ती के बीच में कहते हैं—''हे भगवान्! पेपर चमक क्यों नहीं रहा? मुझे यकीन है, यहाँ बहुत कुछ हो रहा है।''

यह अँधेरा पखवाड़ा है और जैसा कि विज्ञापन कहते हैं, 'इसका आनंद उठाने के लिए इसका अनुभव करना जरूरी है।'

इस मौसम में, और बेहद बुरे मौसम में, यह हुआ कि पेपर ने शनिवार की रात को सप्ताह का अंतिम अंक छापना शुरू किया, जो इतवार की सुबह थी और यह लंदन के पेपर के मुताबिक था। यह बहुत सहूलियत की बात थी, क्योंकि पेपर को छपने के लिए तैयार करते ही तड़का हो जाता था और थर्मामीटर का पारा आधा घंटे के लिए 96 डिग्री से कम 84 डिग्री पर आ जाता था और उस ठंड में जब तक आप इसके लिए दुआ नहीं माँगने लग जाते, आपको बिल्कुल भी पता नहीं चलता कि घास पर 84 डिग्री कितना ठंडा होता है—उस ठंड में एक बहुत थका-माँदा आदमी, इससे पहले कि गरमी उसे उठा दे, सोने जा सकता है।

एक शनिवार की रात यह सुखद काम मेरा था कि मैं अकेले ही पेपर को छपने के लिए दूँ। कोई राजा या दरबारी या कोई नगरवधू अथवा समुदाय मरने या एक नया संविधान प्राप्त करने जा रहा था या कुछ ऐसा करने जा रहा था, जो दुनिया के दूसरे हिस्से के लिए अहम था और पेपर को आखिरी मुमकिन मिनट तक खुला रखना था, ताकि तार संदेशों को लिया जा सके।

यह एक घोर काली रात थी, इतनी दमघोंटू जितनी जून की कोई रात हो सकती है और लू पश्चिम से चलती लाल तपती हवा सूखे पेड़ों में दनदना रही थी और यह ढोंग कर रही थी कि बारिश इसके पीछे थी। रह-रहकर करीब-करीब खौलते पानी की एक बूँद किसी मेढक की छपाक के साथ धूल पर आ गिरती थी; मगर हमारी थकी दुनिया को पता था कि यह तो बस एक ढोंग था। ऑफिस के मुकाबले प्रेस के कमरे में थोड़ा ठंडक थी, इसलिए मैं वहीं बैठ गया था; जबकि टाइप की टिक-टिक की आवाज आ रही थी और रात में उड़नेवाले नाइटजार पक्षी खिड़कियों पर कोहराम मचा रहे थे और करीब-करीब नंगे कंपोजिटर अपने माथों से पसीना पोंछ रहे थे और पानी माँग रहे थे। जो चीज हमें रोके हुए थी, वह चाहे जो भी थी, वह आ नहीं रही थी। हालाँकि लू हल्की पड़ गई थी और आखिरी टाइप भी सेट किया जा चुका था, पूरी गोल धरती दमघोंटू गरमी में चुप खड़ी थी और होंठ पर उँगली रखे उस घटना का

इंतजार कर रही थी। मैं ऊँघ रहा था और यह सोचकर हैरान हो रहा था कि क्या तार व्यवस्था एक वरदान थी और क्या यह आखिरी साँसें गिनता आदमी या जूझते लोग यह जानते होंगे कि यह देरी कितनी असुविधा पैदा कर रही है। गरमी और चिंता के अलावा तनाव लेने की और कोई खास वजह नहीं थी, मगर घड़ी की सुइयाँ जैसे ही तीन के घंटे की ओर बढ़ीं और मशीन के चक्के यह देखने के लिए दो-तीन बार घूमे कि सबकुछ ठीक-ठाक तो है और इससे पहले कि मैं उन्हें चलने का आदेश देता, मैं जोर से चीख पड़ा।

फिर पहियों की घड़घड़ाहट, उनके शोर ने खामोशी की चिंदियाँ उड़ा दीं। मैं जाने के लिए उठा, मगर सफेद कपड़े पहने दो आदमी मेरे सामने आकर खड़े हो गए। पहलेवाले ने कहा, ''यह वही है!''

दूसरे ने कहा, ''सो तो है!''

और वे दोनों मशीनरी-जैसी तेज आवाज में हँसने लगे और उन्होंने अपना माथा पोंछा।

''हमने देखा, सड़क के पार एक बत्ती जल रही है और हम वहाँ उस गड्ढे में ठंडक के लिए सो रहे थे और मैंने अपने इस दोस्त से कहा, ऑफिस खुला है। आओ आकर उससे बात करें, जिसने हमें दिगंबर स्टेट से लौटा दिया था।'' छोटे वाले ने कहा। यह वही आदमी था, जो मुझे महू वाली ट्रेन में मिला था और उसका साथी मारवाड़ जंक्शनवाला वह लाल दाढ़ीवाला आदमी था। एक की भौंहें या दूसरे की दाढ़ी पहचानने में कोई भूल नहीं होनी थी।

मुझे खुशी नहीं हुई, क्योंकि मैं सोना चाहता था, लोफरों से माथापच्ची नहीं करना चाहता था।

''क्या चाहिए तुम्हें?'' मैंने पूछा।

''तुम्हारे साथ ऑफिस में शांति और आराम से आधे घंटे की बातचीत।'' लाल दाढ़ीवाले आदमी ने कहा, ''थोड़ी पीने को मिल जाए तो अच्छा रहेगा—कॉण्ट्रैक्ट अभी शुरू नहीं हुआ है, पीचे, इसलिए तुम्हें ऐसे देखने की जरूरत नहीं है; मगर सच में तो हमें सलाह चाहिए। हमें पैसा नहीं चाहिए। हम तुमसे मेहरबानी चाहते हैं, क्योंकि हमें पता चला है कि तुमने दिगंबर स्टेट के मामले में हमारे साथ बुरा किया है।''

मैं उन्हें प्रेस के कमरे से दमघोंटू ऑफिस में ले गया, जहाँ दीवारों पर नक्शे लगे थे और लाल बालोंवाले आदमी ने अपने हाथ मले।

"यह कुछ ऐसा है," वह बोला, "आने के लिए यह सही दुकान थी। अब जनाब, मैं तुम्हें ब्रदर पीचे कार्नहैन से मिलवाता हूँ, जो यह है और ब्रदर डैनियल ड्रावोट, जो मैं हूँ, और हमारे पेशे के बारे में जितना कम कहा जाए, बेहतर है; क्योंकि हम अपने समय में क्या-क्या नहीं रहे। सिपाही, नाविक, कंपोजिटर, फोटोग्राफर, प्रूफ रीडर, गलियों में उपदेश देनेवाले और जब हमें लगा कि बैकवुड्समैन को संवाददाता चाहिए तो हम उसके संवाददाता भी रहे। कार्नहैन पिए नहीं है और मैं भी। पहले हमें देखो और देखो कि यह सच है। इससे तुम मेरी बात काटने से बच जाओगे। हम दोनों तुम्हारा एक सिगार लेंगे और देखना, हम चमक जाएँगे।"

मैंने देखा, वे दोनों बिल्कुल नहीं पिए थे, इसलिए मैंने दोनों को गुनगुनी ह्विस्की और सोडा दिया।

"अच्छा है।" भौंहोंवाले कार्नहैन ने अपनी मूँछों से झाग पोंछते हुए कहा, "अब मुझे बात करने दो, डैन। हम पूरे हिंदुस्तान में घूमे हैं, ज्यादातर पैदल। हम बॉयलर-फिटर, इंजन ड्राइवर, छोटे ठेकेदार और न जाने क्या-क्या रहे हैं और हमने यह तय पाया है कि हिंदुस्तान हम जैसों के लिए काफी बड़ा नहीं है।"

वे सचमुच ऑफिस के लिहाज से बहुत बड़े थे। ड्रावोट की दाढ़ी जैसे आधे कमरे को घेर रही थी और कार्नहैन के कंधे बाकी आधे को। वे बड़ी मेज पर बैठे थे। कार्नहैन ने बात जारी रखी, "यह देश आधा भी तैयार नहीं है; क्योंकि जो इस पर राज करते हैं, वे इसे आपको नहीं छूने देते। वे अपना सारा मुबारक समय इस पर राज करने में बिता देते हैं और सरकार के यह कहे बगैर कि—इसे अकेला छोड़ दो और हमें राज करने दो—आप एक फावड़ा भी नहीं उठा सकते, न ही चट्टान तोड़ सकते हैं, न ही तेल की खोज कर सकते हैं, न ही ऐसा और कुछ कर सकते हैं। इसलिए इन हालात को देखते हुए हम इसे अकेला छोड़ देंगे और किसी और जगह चले जाएँगे, जहाँ किसी आदमी पर भीड़ नहीं लगाई जाती और वह अपनी जैसी कर सकता है। हम छोटे आदमी

नहीं हैं और हम किसी चीज से नहीं डरते, सिवाय पीने के और हमने इस बारे में एक कॉण्ट्रैक्ट पर दस्तखत भी किए हैं। इसलिए, हम राजा होने के लिए यहाँ से जा रहे हैं।''

''राजा, हमारे अपने बूते पर।'' ड्रावोट बुदबुदाया।

''हाँ, बिल्कुल।'' मैंने कहा, ''तुम धूप में घूमते रहे हो और यह बहुत गरम रात है और यह बेहतर नहीं रहेगा क्या कि तुम अपनी इस सोच को लेकर सो जाओ? कल आ जाओ।''

''न तो पिए और न ही लू लगी।'' ड्रावोट ने कहा, ''हम अपनी इस सोच को लेकर आधा साल सोए हैं और हमें किताबें व एटलस देखनी हैं और हमने तय किया है कि अब दुनिया में सिर्फ एक जगह है, जहाँ दो मजबूत आदमी राज कर सकते हैं। उसे काफिरिस्तान कहते हैं। जहाँ तक मेरा अंदाजा है, यह अफगानिस्तान के सबसे ऊपरी दाहिने कोने में है और पेशावर से तीन सौ मील से ज्यादा दूर नहीं है। वहाँ बत्तीस काफिर लोगों की मूर्तियाँ हैं और हम तैंतीसवें और चौंतीसवें बुत होंगे। वह एक पहाड़ी देश है और वहाँ की औरतें बहुत खूबसूरत हैं।''

''मगर कॉण्ट्रैकट में इसके खिलाफ लिखा है।'' कार्नहैन ने कहा, ''न तो औरतें, न ही दारू, डैनियल।''

''और हम बस यही जानते हैं, सिवाय इसके कि वहाँ कोई नहीं गया है और वे लड़ते हैं। जिस जगह में लोग लड़ते हैं वहाँ लोगों को कवायद करवा सकने वाला कोई भी आदमी हमेशा ही राजा हो सकता है। हम उस जगह जाएँगे और जो भी राजा मिलेगा, उससे कहेंगे—क्या तुम अपने दुश्मनों को हराना चाहते हो? और हम उसे बताएँगे कि आदमियों को कवायद कैसे करवाई जाती है; क्योंकि यह हम किसी भी और काम से बेहतर जानते हैं। फिर हम उस राजा का तख्ता पलट देंगे और उसकी गद्दी छीन लेंगे। तब एक नया वंश शुरू करेंगे।''

''तुम सरहद के पार पचास मील भी नहीं जा पाओगे कि वे तुम्हारी बोटी-बोटी कर देंगे।'' मैंने कहा, ''उस देश में पहुँचने के लिए तुम्हें अफगानिस्तान होकर जाना होगा। वहाँ पहाड़ की चोटियाँ और ग्लेशियर हैं। कोई भी अंग्रेज

उनके पार नहीं गया है। लोग बिल्कुल जंगली हैं और अगर तुम उन तक पहुँच भी गए तो कुछ कर नहीं पाओगे।''

''ज्यादा मुमकिन है,'' कार्नहैन ने कहा, ''अगर तुम हमें थोड़ा और पागल समझो तो हमें और भी खुशी होगी। हम तुम्हारे पास इस देश के बारे में जानने के लिए, इसके बारे में कोई पुस्तक पढ़ने के लिए और नक्शे देखने के लिए आए हैं। हम चाहते हैं कि तुम हमें यह बताओ कि हम मूर्ख हैं और हमें अपनी पुस्तकें दिखाओ।'' और वह पुस्तकों की आलमारियों की तरफ मुड़ा।

''तुम गंभीर तो हो न?'' मैंने कहा।

''थोड़ा-थोड़ा।'' ड्रावोट ने प्यार से कहा, ''तुम्हारे पास जो सबसे बड़ा नक्शा हो, भले ही काफिरिस्तान की जगह पूरा खाली हो और कोई भी पुस्तक जो तुम्हारे पास हो, हम पढ़ सकते हैं, भले ही हम बहुत पढ़े-लिखे नहीं हैं।''

मैंने एक इंच बराबर बत्तीस मील वाला भारत का बड़ा नक्शा और दो छोटे सरहदी नक्शे निकाले, इंसाइक्लोपीडिया ब्रिटानिका को आई.एन.एफ.-के.ए.एन. वाला खंड उतारा और वे उन्हें देखने लगे।

''यह देखो!'' ड्रावोट बोला, उसका अँगूठा नक्शे पर था, ''जगदल्लक तक, पीचे और मैं सड़क को जानते हैं। हम वहाँ रॉबर्ट्स की फौज के साथ गए थे। हमें जगदल्लक में लागमान प्रदेश से होकर दाहिने मुड़ना होगा। तब हम पहाड़ियों में पहुँच जाएँगे—चौदह हजार फीट—पंद्रह हजार। वहाँ ठंड होगी, वहाँ ठंड में मशक्कत होगी। मगर नक्शे में बहुत दूर नहीं दिखाई देता।''

मैंने उसे ऑक्सस (आमू दरिया का प्राचीन नाम) के स्रोतों पर वुड की पुस्तक थमाई। कार्नहैन इंसाइक्लोपीडिया में डूबा हुआ था।

''वे मिले-जुले लोग हैं।'' ड्रावोट ने सोचते हुए कहा, ''और उनके कबीलों के नाम जान लेने से हमें कोई फायदा नहीं होने वाला। जितने ज्यादा कबीले होंगे वे उतना ज्यादा लड़ेंगे और उतना ही हमारे लिए अच्छा होगा। जगदल्लक से अशंग तक। हुम्म!''

''मगर उस देश के बारे में जो भी जानकारी है, वह बेहद छिछली और गलत है।'' मैंने विरोध में कहा, ''इसके बारे में किसी को भी सचमुच कुछ भी

पता नहीं है। यह रही यूनाइटेड सर्विसेज इंस्टीट्यूट की फाइल। पढ़ो, बेलू क्या कहता है।''

''बेलू को मारो गोली।'' कार्नहैन ने कहा, ''डैन, वे तो बदबूदार काफिर लोग हैं। मगर यहाँ यह पुस्तक कहती है कि वे सोचते हैं, वे हम अंग्रेजों के रिश्तेदार हैं।''

मैं धुआँ उड़ाता रहा और वे दोनों रेवर्टी, वुड, नक्शों और इंसाइक्लोपीडिया को खँगालते रहे।

''तुम्हारे इंतजार करने का कोई फायदा नहीं है।'' ड्रावोट ने विनम्रता से कहा, ''अब करीब चार बजे हैं। अगर तुम सोना चाहो तो हम छह बजे से पहले-पहले चले जाएँगे और हम कोई कागज नहीं चुराएँगे। बैठे मत रहो। हम दो सीधे-सादे पागल हैं। हम कोई नुकसान नहीं पहुँचानेवाले और अगर तुम कल शाम को सराय आए तो हम तुम्हें अलविदा भी कहेंगे।''

''तुम दो मूर्ख हो।'' मैंने जवाब दिया, ''तुम्हें सरहद से भगा दिया जाएगा या अफगानिस्तान में कदम रखते ही काट डाला जाएगा। क्या तुम्हें पैसे या सिफारिश चाहिए? मैं अगले हफ्ते काम दिलाने में तुम्हारी मदद कर सकता हूँ।''

''नहीं शुक्रिया, अगले हफ्ते तो हमारे पास ही इतना काम होगा।'' ड्रावोट ने कहा, ''राजा बनना इतना आसान नहीं है जितना दिखाई देता है। जब हमें हमारा राज मिल जाएगा तो हम तुम्हें बता देंगे और तब तुम वहाँ आकर इसे सँभालने में हमारी मदद कर सकते हो।''

''क्या दो पागल इस किस्म का कॉण्ट्रैक्ट रखेंगे?'' कार्नहैन ने अपना अभिमान छिपाते हुए कहा और मुझे तेल से चिकना हो रहा आधा शीट नोट पेपर दिखाया, जिस पर नीचे दी हुई इबारत लिखी थी। मैंने उसी समय फौरन उसकी नकल कर ली और उसे एक अजीबो-गरीब चीज की तरह रख लिया।

मेरे और तुम्हारे बीच यह कॉण्ट्रैक्ट ईश्वर के नाम पर हुआ है—आमीन वगैरह-वगैरह।

1. कि मैं और तुम इस मामले को एक साथ निपटाएँगे, यानी काफिरिस्तान के राजा बनने के मामले को।

2. कि तुम और मैं इस मामले के निपटने तक कैसी भी शराब या काली, सफेद, भूरी कैसी भी औरत को नहीं छुएँगे, कि कहीं एक या दूसरी के घालमेल में नुकसान न हो जाए।
3. कि हम इज्जत और सूझ-बूझ का आचरण करेंगे और अगर हममें से कोई मुश्किल में पड़ेगा तो दूसरा उसका साथ देगा।

आज के दिन तुमने और मैंने दस्तखत किए
पीचे टलियाफेरो कार्नहैन
डेनियल ड्रोवाट
दोनों स्वतंत्र सज्जन

"आखिरी शर्त की कोई जरूरत नहीं थी।" कार्नहैन ने शर्म से झेंपते हुए कहा, "लेकिन यह सामान्य लगता है। अब तुम जानते हो, लोफर किस किस्म के आदमी होते हैं। हम लोफर हैं, डैन, जब तक हम हिंदुस्तान से निकल नहीं जाते—और क्या तुम सोचते हो कि अगर हम गंभीर नहीं होते तो क्या इस किस्म के किसी कॉण्ट्रैक्ट पर दस्तखत करते? हमने खुद को उन दो चीजों से अलग रखा है, जो जिंदगी को जीने लायक बनाती हैं।"

"अगर तुमने इस बेवकूफी भरे कारनामे को अंजाम देने की कोशिश की तो तुम और ज्यादा नहीं जी पाओगे। ऑफिस में आग मत लगाओ।" मैंने कहा, "और नौ बजे से पहले यहाँ से निकल जाओ।"

मैं उन्हें नक्शों को खँगालता और कॉन्ट्रेक्ट के पीछे नोट लिखता छोड़कर चला गया।

"कल सराय जरूर आना।" ये उनके विदाई के शब्द थे।

कुम्हार सेन सराय इनसानियत का चौखाना सिंक है, जहाँ उत्तर से आनेवाले ऊँटों व घोड़ों की लदाई और उतराई होती है। मध्य एशिया की तमाम कौमों को और खास हिंदुस्तान के ज्यादातर लोगों को वहाँ देखा जा सकता है। बल्ख और बुखारा वहाँ बंगाल व बंबई से मिलते हैं और वहाँ आप टट्टू, कछुए, फारसी बिल्लियाँ, काठी के झोले, मोटी पूँछवाली भेड़ें एवं कस्तूरी खरीद सकते हैं और तरह-तरह की अजीब चीजें कौड़ियों के भाव ले सकते हैं। दोपहर बाद मैं

वहाँ यह देखने गया कि क्या मेरे दोस्त अपनी बात निभाने का इरादा रखते हैं या फिर वहाँ पीकर पड़े हैं।

फीतों और चीथड़ों के टुकड़ों की पोशाक पहने एक पुजारी मेरे पास आया। वह बड़ी संजीदगी से कागज का एक लट्टू घुमा रहा था। इसके पीछे उसका नौकर था, जो मिट्टी के खिलौनों के एक डिब्बे के बोझ तले दबा जा रहा था। दोनों दो ऊँटों को लाद रहे थे और सराय के बाशिंदे हँसी की चीखें मार-मारकर उन्हें देख रहे थे।

''यह पुजारी पागल है।'' एक घोड़ा व्यापारी ने मुझे बताया, ''वह अमीर को खिलौने बेचने काबुल जा रहा है। या तो उसका सम्मान किया जाएगा या उसका सिर कलम कर दिया जाएगा। वह आज सुबह ही यहाँ आया है और तभी से पागलों-सा बरताव कर रहा है।''

''बौड़म लोगों को ईश्वर का संरक्षण रहता है।'' सपाट गालोंवाले एक उज्बेग ने टूटी-फूटी हिंदी में कहा, ''वे भविष्य की घटनाओं के बारे में बताते हैं।''

''क्या वे मुझे पहले से बता सकते थे कि मेरे कारवाँ को दर्रे की छाया में ही काट दिया जाएगा?'' एक राजपूताना व्यापारी घराने का यूसुफजई एजेंट बोला, जिसके माल को सरहद के पार ही दूसरे डकैतों के हाथों में दे दिया गया था और जिसकी बदकिस्मती बाजार में हँसी की बात बन गई थी।

''ओए पुजारी, तुम कहाँ से आए हो और कहाँ को जा रहे हो?''

''रूम से आया हूँ मैं।'' पुजारी अपना लट्टू घुमाते हुए बोला, ''रूम से समुद्र पार एक सौ शैतानों की साँस से उड़ाया गया। ओ चोरो, लुटेरो, झूठो, पीर खान की बरकत, सुअरो, कुत्तो और झूठी गवाही देनेवालों पर। कौन ईश्वर के संरक्षित को अमीर की ताबीज बेचने के लिए उत्तर में ले जाएगा? जो आदमी मुझे अपने कारवाँ में जगह देंगे, उनके ऊँट तंग नहीं करेंगे, बेटे बीमार नहीं पड़ेंगे और जब वे घर से दूर होंगे तो उनकी बीवियाँ वफादार बनी रहेंगी। रूस के राजा को चाँदी की एड़ीवाली सोने की चप्पल से मारने में कौन मेरी मदद करेगा? पीर खान का संरक्षण उसकी मशक्कत के साथ हो!'' उसने अपने ढीले-लंबे लबादे को फैला लिया और बँधे हुए घोड़ों की कतारों के बीच दबे

पाँव चक्कर लगाने लगा।

''बीस दिनों में पेशावर से काबुल के लिए एक कारवाँ चलेगा, हजरत।'' यूसुफजई सौदागर ने कहा, ''मेरे ऊँट उसके साथ जाएँगे। तू भी हमारे साथ चल और हमारे लिए अच्छा मुकद्दर ला!''

''मैं अभी जाऊँगा!'' पुजारी चिल्लाया, ''मैं अपने पंखोंवाले ऊँटों पर रवाना होऊँगा और एक दिन में पेशावर पहुँच जाऊँगा! हो! हजार मीर खाँ!'' वह अपने नौकर पर चिल्लाकर बोला, ''ऊँटों को बाहर निकालो, मगर पहले मुझे मेरे ऊँट पर चढ़ने दो।''

उसका ऊँट घुटनों के बल बैठा तो वह उसकी पीठ पर उछलकर चढ़ गया और मेरी तरफ पलटकर चिल्लाया, ''तुम भी आओ साहब, सड़क पर कुछ दूर तक। मैं तुम्हें एक ताबीज बेचूँगा, जो तुम्हें काफिरिस्तान का राजा बना देगा।''

तब मेरी समझ में आया और मैं उन दो ऊँटों के पीछे सराय से निकलकर खुली सड़क तक आया और वहाँ पुजारी रुक गया।

''क्या सोचते हो इस बारे में?'' उसने अंग्रेजी में कहा, ''कार्नहैन उनकी बोली समझ नहीं सकता, इसलिए मैंने उसे अपना नौकर बना लिया है। नौकर के किरदार में वह सुंदर लगता है। मैं इस देश में चौदह साल यूँ ही नहीं घूमता फिरा हूँ। मैंने वह सब जो बोला था, वह बढ़िया था न? हम पेशावर में एक कारवाँ से जुड़ जाएँगे और जगदल्लक पहुँचेंगे और फिर हम देखेंगे कि हमें हमारे ऊँटों के बदले गधे मिल सकते हैं क्या और फिर हम काफिरिस्तान में घुसेंगे। अमीर के लिए लट्टू, हे भगवान्! ऊँट-झोलों के नीच हाथ रखो और बताओ कि तुम्हें क्या महसूस होता है?''

मुझे मार्टिनी (राइफल) का एक कुंदा महसूस हुआ और फिर एक और, फिर एक और।

''बीस हैं।'' ड्रावोट ने शांति से कहा, ''बीस हैं और उनके हिसाब से गोलियाँ हैं वहाँ लट्टुओं और मिट्टी के गुड्डों में।''

''अगर इन चीजों के साथ पकड़ लिये गए तो भगवान् ही तुम्हें बचाए।'' मैंने कहा, ''पठानों में एक मार्टिनी अपने वजन की चाँदी के बराबर होती है।''

"हमने भीख और उधार माँगकर या चुराकर जो कुछ पंद्रह सौ रुपयों की पूँजी हासिल की थी, वह सब हमने इन दो ऊँटों में लगा दी है।" ड्रावोट ने कहा, "हम पकड़े नहीं जाएँगे। हम एक पुराने कारवाँ के साथ खैबर से निकल रहे हैं। एक गरीब पागल फकीर को कौन छुएगा?"

"तुम्हारे पास जरूरत की हर चीज है?" मैंने बेहद चकित होते हुए पूछा।

"अभी नहीं, मगर जल्दी ही मिल जाएगी। हमें अपनी मेहरबानी की एक निशानी दो, भाई। तुमने कल मुझ पर एक मेहरबानी की और उस समय मारवाड़ में भी। कहावत के मुताबिक, मेरा आधा राज्य तुम्हें मिलेगा।" मैंने अपनी घड़ी की चेन से एक कुतुबनुमा निकाला और फकीर को पकड़ा दिया।

"अलविदा!" ड्रावोट ने सावधानी से अपना हाथ मुझे पकड़ाते हुए कहा, "इन तमाम दिनों में यह आखिरी बार है कि हम किसी अंग्रेज से हाथ मिलाएँगे। उससे हाथ मिलाओ, कार्नहैन।" दूसरा ऊँट मेरे पास से निकलने पर उसने चिल्लाकर कहा।

कार्नहैन ने नीचे झुकते हुए मुझसे हाथ मिलाया। फिर ऊँट धूल भरी सड़क पर आगे निकल गए और मैं आश्चर्य करता वहीं रह गया। उनके बदले वेश में मेरी आँख कोई कमी नहीं पकड़ पाई। सराय के मंजर से यह साबित हो चुका था कि देसी लोगों के खयाल में वे मुकम्मल थे। इसलिए इस बात की संभावना थी कि कार्नहैन और ड्रावोट बिना पहचाने गए अफगानिस्तान में घूमने-फिरने में कामयाब होंगे। मगर उससे आगे, उन्हें मौत ही मिलेगी—पक्की और भयंकर मौत।

दस दिन बाद पेशावर से दिन भर की खबर देते हुए एक देसी संवाददाता ने—अपने पत्र के आखिर में लिखा "यहाँ एक पागल फकीर को लेकर खूब मजाक बन रहा है, जो अपने हिसाब से बुखारा के अमीर को छोटी-मोटी टीम-टाम और गहनों जैसी चीजें बेचने जा रहा है, वह इन्हें जादुई चीजें बताता है। वह पेशावर होकर आया है और उसने खुद को काबुल जानेवाले 'सेकंड समर' कारवाँ से जोड़ लिया है। सौदागर खुश है, क्योंकि अपने अंधविश्वास की वजह से उन्हें लगता है कि ऐसे पागल लोग अपने साथ अच्छी किस्मत

लेकर अते हैं।''

तो, इसका मतलब हुआ कि दोनों सरहद पार कर चुके थे। मैं उनके लिए दुआ माँगता, मगर उस रात यूरोप में एक असली राजा की मौत हो गई और मुझे उसके मृन्यु संदेश में लगना पड़ा।

दुनिया का पहिया उन्हीं चक्रों में बार-बार घूमता है। गरमी बीत गई और उसके बाद सर्दी भी और फिर गरमी-सर्दी आई और बीत गई। दैनिक अखबार चलता रहा और उसके साथ मैं भी और तीसरी गरमी में एक गरम रात आई, रात का अंक आया। दुनिया की दूसरी तरफ से किसी तार के अंक लिये ठीक वैसा ही कष्ट भरा इंतजार आया जैसा पहले हुआ था। पिछले दो सालों में कुछ महान् लोग मरे थे, मशीनें और भी शोर के साथ काम कर रही थीं और ऑफिस के बगीचे के कुछ पेड़ कुछ और लंबे हो गए थे। मगर बस इतना ही फर्क आया था।

मैं प्रेसवाले कमरे में चला गया और वैसे ही मंजर से गुजरा, जिसका बखान मैंने अभी किया है। दिमागी तनाव दो साल पहले के मुकाबले अब ज्यादा था और मैं और ज्यादा गरमी महसूस कर रहा था। तीन बजे मैंने चिल्लाकर कहा, ''प्रिंट ऑफ।'' और जाने के लिए मुड़ा कि तभी मेरी कुरसी की तरफ एक आदमी का ढाँचा आया। वह एक गोले की शक्ल में झुका हुआ था। उसका सिर उसके कंधों के बीच धँसा था और वह भालू की तरह एक के ऊपर एक पैर रखता चल रहा था। मैं देख पा रहा था कि वह चल रहा था या रेंग रहा था—कंबल में लिपटा, कराहता यह अपंग मुझे नाम लेकर बुला रहा था और रुआँसा-सा बोल रहा था कि मैं वापस आ गया हूँ।

''मुझे कुछ पीने को दे सकते हो?'' उसने रिरियाते हुए कहा, ''खुदा के वास्ते मुझे कुछ पीने को दो।''

मैं वापस ऑफिस में गया। वह आदमी दर्द से कराहता मेरे पीछे-पीछे आया और मैंने बत्ती जला दी।

''मुझे नहीं जानते?'' वह एक कुरसी में धम से बैठते हुए बोला। वह हाँफ रहा था, उसके बाल सफेद हो रहे थे और उसने अपने उतरे चेहरे को रोशनी की तरफ घुमाया।

मैंने उसे गौर से देखा। एक बार पहले भी मैंने एक इंच चौड़ी भौंहों की पट्टियाँ देखी थीं, नाक के ऊपर आकर मिलती थीं; मगर मुझे याद नहीं आ रहा था कि कहाँ।

"मैं तुम्हें नहीं जानता।" मैंने उसे ह्विस्की थमाते हुए कहा, "मैं तुम्हारी क्या मदद कर सकता हूँ?"

उसने खालिस ह्विस्की का घूँट लिया और दमघोंटू गरमी के बावजूद वह काँप रहा था।

"मैं वापस आ गया हूँ।" उसने अपनी बात दुहराई, "मैं काफिरिस्तान का राजा था—मैं और ड्रावोट। हमें राजा का ताज पहनाया गया था। इसी ऑफिस में हमने यह तय किया था—तुम वहाँ बैठे थे और तुमने हमें पुस्तकें दी थीं। मैं पीचे हूँ—पीचे वलियाफेरो कार्नहैन और तब से तुम यहीं बैठे हुए हो—हे भगवान्!"

मैं थोड़ा चकित हुआ और मैंने उसी के मुताबिक अपनी भावनाएँ व्यक्त कीं।

"यह सच है।" कार्नहैन ने सूखी हँसी हँसते हुए चिथड़े में लिपटे अपने पैरों को सहलाते हुए कहा। "इंजील की तरह सच। हम राजा थे, हमारे—मेरे और ड्रावोट के—सिर पर ताज था। बेचारा डैन—ओह, बेचारा! बेचारा डैन, जिसने कभी सलाह नहीं मानी, मेरी विनती के बाद भी नहीं!"

"ह्विस्की लो।" मैंने कहा, "और आराम-आराम से बताओ मुझे—शुरू से आखिर तक। तुम्हें जो भी याद आ सकता है वह सब बताओ। तुम अपने ऊँटों पर इस सरहद से निकले। ड्रावोट एक फकीर के वेश में था और तुम उसके नौकर थे। यह तो याद है तुम्हें?"

"मैं पागल नहीं हूँ—फिर भी, मगर जल्द ही हो जाऊँगा। बिल्कुल मुझे याद है। मुझे देखते रहो, नहीं तो हो सकता है, मेरी बातें सारी चूर-चूर हो जाएँगी। मेरी आँखों में देखते रहो और कुछ कहो मत।"

मैं आगे की ओर झुक गया और उसकी आँखों में एकटक घूरता रहा। उसने अपना एक हाथ मेज पर अनायास रख दिया और मैंने उसे कलाई से पकड़ लिया। यह एक परिंदे के पंजे की तरह मुड़ा हुआ था और इसके पीछे

की तरफ एक खुरदरा, लाल, हीरे के आकार का निशान था।

"नहीं, उधर मत देखो। मेरी तरफ देखो।" कार्नहैन ने कहा, "वह बाद की बात है, मगर खुदा के वास्ते मेरा ध्यान मत भटकाओ। हम, मैं और ड्रावोट उस कारवाँ के साथ निकले और साथ के लोगों का सारे रास्ते मन बहलाते रहे। रात को जब सब लोग अपना खाना बनाते तो ड्रावोट हमें हँसाता था और...तब वे क्या करते थे? वे छोटी-छोटी आग जलाते थे, जिनकी चिनगारियाँ उड़कर ड्रावोट की दाढ़ी में चली जाती थीं और हम सब हँसते थे—इतना हँसते थे कि मर ही जाएँ। छोटी-छोटी लाल आग होती थी, जो ड्रावोट की बड़ी लाल दाढ़ी में चली जाती थी। कितना मजेदार होता था।" उसने अपनी आँखें मेरी आँखों पर से हटा लीं और मूर्खों-सा मुसकरा दिया।

"उस कारवाँ के साथ तुम जगदल्लक तक गए।" मैंने कह दिया, "उस आग को जलाने के बाद। जगदल्लक तक, जहाँ से अलग होकर तुमने काफिरिस्तान में घुसने की कोशिश की।"

"नहीं, हमने इनमें से कुछ भी नहीं किया। तुम किस बारे में बात कर रहे हो? हम तो जगदल्लक से पहले ही अलग हो गए थे, क्योंकि हमने सुना कि सड़कें अच्छी हैं। मगर हमारे, मेरे और ड्रावोट के दो ऊँटों के लिहाज से वे इतनी अच्छी नहीं थीं। जब हमने कारवाँ को छोड़ा तो ड्रावोट ने अपने सारे कपड़े उतार दिए और मेरे भी। फिर बोला कि हम काफिर हो जाते हैं, क्योंकि काफिर लोग मुसलमानों को उनसे बात नहीं करने देते। इसलिए हमने बीच-बीच में कपड़े बदले और डेनियल ड्रावोट का ऐसा मंजर मैंने अभी तक नहीं देखा और न फिर कभी देखने की उम्मीद करता हूँ। उसने अपनी आधी दाढ़ी जला ली और अपने कंधे पर भेड़ की खाल डाल ली और सिर के बाल डिजाइन में काट लिये। उसने मेरा सिर भी मुँड़वा दिया और मुझे ऐसी-ऐसी चीजें पहनवा दीं कि मैं काफिर लगूँ। यह एक निहायत पहाड़ी मुल्क की बात है और हमारे ऊँटों के लिए पहाड़ों की वजह से और आगे जाना नामुमकिन हो गया था। वे ऊँचे और काले थे और घर आते समय मैंने उन्हें जंगली बकरियों की तरह लड़ते देखा। काफिरिस्तान में बहुत सारी बकरियाँ हैं। ये पहाड़, वे कभी शांत नहीं रहते, बकरियों की तरह ही। हमेशा लड़ते रहते हैं वे और आपको रात में सोने नहीं देते।"

"थोड़ी और व्हिस्की लो।" मैंने बहुत धीरे से कहा, "जब काफिरिस्तान जानेवाली सड़कें खराब होने की वजह से ऊँट आगे नहीं जा पाए तो तुमने और डेनियल ड्रावोट ने क्या किया?"

"किसने क्या किया? पीचे टालियाफेरो कार्नहैन नाम की एक पार्टी थी, जो ड्रावोट के साथ थी। क्या मैं आपको उसके बारे बताऊँ? वह वहाँ ठंड में मर गया। पुल से गिर गया बूढ़ा पीचे, हवा में एक पैसे के लट्टू की तरह घूमता-चकराता, जिसे आप अमीर को बेच सकते हैं।...नहीं, तीन अधेले (आधे पैसे) के दो थे वे लट्टू या मुझसे कोई भूल हो रही है और मुझे दुख-दर्द हो रहा है...और फिर ये ऊँट किसी काम के नहीं रहे और पीचे ने ड्रावोट से कहा, 'खुदा के वास्ते, इससे पहले कि हमारे सिर कलम कर दिए जाएँ, यहाँ से निकल चलें।' और इसके साथ ही उन्होंने पहाड़ों में ऊँटों को मार डाला, क्योंकि उनके पास खाने को कुछ भी खास नहीं था। मगर पहले उन्होंने गोलियों और बंदूकों वाले बक्से निकाल लिये और फिर आखिर में चार खच्चरों को हाँकते दो आदमी आए। ड्रावोट उठकर उनके सामने नाचने और गाने लगा, 'मुझे बेच दो खच्चर चार।' पहले आदमी ने कहा, 'अगर तुम इतने पैसेवाले हो कि खरीद सको तो तुम इतने पैसेवाले भी हो कि लूट सको।' मगर इससे पहले कि वह अपने चाकू को हाथ लगाता, ड्रावोट ने अपने घुटने पर उसकी गरदन तोड़ दी और दूसरी पार्टी भाग खड़ी हुई। इस तरह कार्नहैन ने ऊँटों से उतारी गई राइफलों को खच्चरों पर लाद दिया और हम दोनों एक साथ उन बेहद सर्द पहाड़ी इलाकों में आगे बढ़ गए और वहाँ हाथ के पिछले हिस्से से ज्यादा चौड़ी कभी कोई सड़क नहीं मिली।"

वह एक पल के लिए रुका तो मैंने उससे पूछा, "क्या तुम्हें वह देश याद है, जिसमें होकर तुमने सफर किया था? किस किस्म का मुल्क था वह?"

मुझसे जितना भी हो पा रहा है, मैं तुम्हें साफ-साफ बता रहा हूँ; मगर मेरी खोपड़ी जैसी अच्छी होनी चाहिए वैसी नहीं है। उन्होंने इसमें कीलें ठोंक दी थीं, ताकि मैं और भी अच्छी तरह से सुन सकूँ कि ड्रावोट कैसे मरा। वह मुल्क तो पहाड़ी था और खच्चर बेहद उलट थे। वहाँ के बाशिंदे बिखरे हुए और तनहा थे। वे ऊपर-ऊपर और नीचे-नीचे जाते थे और वह दूसरी पार्टी, कार्नहैन उस ड्रावोट से विनती कर रहा था कि वह इतनी जोर से न गाए, सीटी

न बजाए; क्योंकि उसे डर था कि कहीं बर्फ टूटकर न गिरने लगे। मगर ड्रावोट कहता है कि अगर राजा गा नहीं सकता तो फिर राजा होने का क्या फायदा, और उसने खच्चरों की पिछाड़ी पर मारा और दस ठंडे दिनों पर कोई गौर नहीं किया। हम पहाड़ों के बीच एक बड़ी चौरस घाटी पर आए। खच्चर अधमरे हो गए थे, इसलिए हमने उन्हें मार डाला; क्योंकि हमारे पास उनके या हमारे खाने के लिए कुछ खास नहीं था। हम बक्सों पर बैठ गए और निकले हुए कारतूसों से 'ऑड एंड ईवन' खेलने लगे।

''फिर तीर-कमान लिये दस आदमी, तीर-कमान लिये बीस आदमियों को खदेड़ते उस घाटी से आए और जबरदस्त झगड़ा हुआ। वे गोरे आदमी थे—तुमसे या मुझसे भी गोरे। उनके बाल पीले थे और वे अच्छी कद-काठी के थे। ड्रावोट बंदूकों को निकालते हुए बोला, 'यह हमारे धंधे की शुरुआत है। हम दस आदमियों की तरफ से लड़ेंगे।' और यह कहते हुए वह दो राइफलों से उन बीस आदमियों पर गोली चलाता है और जिस चट्टान पर वह बैठा हुआ था वहाँ से दो सौ गज की दूरी पर उनमें से एक को मार गिराता है। दूसरे आदमी भगने लगे, मगर कार्नहैन और ड्रावोट बक्से पर बैठे हुए उन्हें घाटी में ऊपर की तरफ और नीचे की तरफ सभी दूरियों पर भून डालता है। फिर उन दस आदनियों के पास जाता है, जो खुद बर्फ में होकर भाग गए थे और वह हमारे ऊपर छोटे-छोटे तीर चलाता है। ड्रावोट उनके सिर के ऊपर फायर करता है और वे सारे-के-सारे चित गिर पड़ते हैं। फिर वह उनके पास जाता है और उन्हें ठोकर मारता है और फिर वह उन्हें उठाता है और उनसे हाथ मिलाकर उन्हें अपना दोस्त बना लेता है। वह उन्हें बुलाता है और उन्हें बक्से देकर उनसे उन्हें ले चलने को कहता है और सारी दुनिया के लिए हाथ हिलाता है, मानो वह राजा बन चुका हो। वे उन बक्सों को और उसको भी घाटी में और पहाड़ पर होकर चोटी पर एक चीड़ के जंगल में ले जाता है, जहाँ आधा दर्जन पत्थर के बड़े बुत थे। ड्रावोट उनमें से सबसे बड़े के पास जाता है, जिसे वे 'इंब्रा' कहते हैं—और उसके पैरों पर एक राइफल और एक कारतूस रख देता है, अपनी नाक आदर में उसकी नाक से रगड़ता है, उसका सिर थपथपाता है और उसके आगे सलाम ठोकता है। वह उन आदमियों की तरफ मुड़ता है और

अपना सिर हिलाता है और कहता है, 'ठीक है। मुझे भी जानकारी हो गई है और ये सारे पुराने जिम-जैम मेरे दोस्त हैं।' फिर वह अपना मुँह खोलता है और उसके अंदर इशारा करता है और जब पहला आदमी उसके लिए खाना लेकर आता है तो वह कहता है, 'नहीं।' मगर जब एक बूढ़ा पुजारी और गाँव का मुखिया उसके लिए खाना लेकर आता है तो वह कहता है, 'हाँ।' बड़े रूखेपन से और उसे धीरे-धीरे खा लेता है। इस तरह हम अपने पहले गाँव में आए, बिना किसी परेशानी के, जैसे हम आसमान से टपके हों। मगर हम तो उन रस्सियोंवाले पुलों में से एक से टपके थे, समझे आप और—आप उसके बाद किसी आदमी से ज्यादा हँसने की उम्मीद तो नहीं कर सकते?''

''थोड़ी और ह्विस्की लो और अपनी बात जारी रखो।'' मैंने कहा, ''वह पहला गाँव था, जिसमें तुम आए। तुम राजा कैसे बने?''

''मैं राजा नहीं था।'' कार्नहैन ने कहा, ''ड्रावोट राजा था और सिर पर उस ताज और वगैरह-वगैरह के साथ वह खूबसूरत दिखता था। वह और दूसरी पार्टी उस गाँव में रहे। हर सुबह ड्रावोट उसे बूढ़े इंब्रा के पास बैठता था और लोग आते व पूजा करते थे। यह ड्रावोट का हुक्म था। फिर घाटी में बहुत सारे आदमी आ गए और इससे पहले कि वे समझ पाते कि वे कहाँ हैं, कार्नहैन और ड्रावोट ने उन्हें राइफलों से भून डाला और दौड़ते हुए नीचे घाटी में चले गए। फिर दूसरी तरफ चले गए, जहाँ उन्हें एक और गाँव मिला, जो पहले गाँव की तरह ही था। सारे लोग अपने मुँह के बल गिर पड़े। ड्रावोट कहता है, 'अब तुम दो गाँवों के बीच क्या परेशानी है?' और लोग एक औरत की तरफ इशारा करते हैं, जो तुम्हारी या मेरी तरह गोरी थी। उसे भगा लाया गया था। ड्रावोट उसे पहले गाँव वापस ले जाता है और मृतकों की गिनती करता है—आठ थे। हरेक मृतक के लिए ड्रावोट जमीन पर थोड़ा सा दूध उड़ेलता है और अपने हाथों को लट्टू की तरह घुमाता है और कहता है, अब ठीक है। फिर वह और कार्नहैन हरेक गाँव के मुखिया का हाथ पकड़ता है और उन्हें घाटी में टहलाता है और उन्हें दिखाता है कि घाटी में भाले से लकीर कैसे खुरचनी है और हरेक को लकीर के दोनों तरफ से घासदार जमीन का एक-एक टुकड़ा दिया। तब सारे लोग वहाँ आ जाते हैं और शैतान की तरह चिल्लाता है। ड्रावोट कहता है,

'जाओ, जाकर जमीन की खुदाई करो और फूलो-फलो और कई गुना हो जाओ।' जो उन्होंने किया भी, हालाँकि वे समझ नहीं पाए। तब हम उनसे उनकी बोली में चीजों के नाम पूछते हैं—रोटी और पानी, आग और बुत वगैरह—और ड्रावोट हरेक गाँव के पुजारी को अपने पीछे-पीछे बुत तक ले जाता है और कहता है कि उसे वहाँ बैठना होगा और लोगों का इनसाफ करना होगा। अगर कुछ गलत हुआ तो उसे गोली से उड़ा दिया जाएगा।'

"अगले हफ्ते वे सब घाटी में उस जमीन पर इकट्ठा हो रहे थे, वे मधुमक्खियों-से शांत और उनसे ज्यादा सुंदर थे। पुजारियों ने उनकी सारी शिकायतें सुनीं और ड्रावोट को बताया कि यह किस बारे में था। 'यह तो बस शुरुआत है।' ड्रावोट कहता है, 'वे सोचते हैं, हम देवता हैं।' वह और कार्नहैन बीस बढ़िया आदमी चुनता है और उन्हें दिखाता है कि राइफल कैसे चलाई जाती है। चार की कतार कैसे बनाई जाती है, कतार में कैसे आगे बढ़ा जाता है। वे यह सब करके बहुत खुश हुए। वे इतने होशियार थे कि इसका गुर जल्दी समझ गए। फिर वह अपना पाइप और तंबाकू का बटुआ निकालता है और हरेक गाँव में एक-एक छोड़ता जाता है। और फिर हम दो वहाँ से चले जाते हैं, यह देखने को कि अगली घाटी में क्या करना है। वहाँ पत्थर-ही-पत्थर थे, और वहाँ एक छोटा सा गाँव था। कार्नहैन कहता है, 'उन्हें पुरानी घाटी में रोपाई के लिए भेज दो, और उन्हें वहाँ ले जाता है। उन्हें थोड़ी जमीन दे देता है, जो पहले नहीं दी गई थी। वे गरीब लोग थे और हमने उन्हें नए राज्य में जाने देने से पहले एक बच्चे के खून का स्वाद दिया। यह लोगों को प्रभावित करने के लिए था—और फिर वे शांत हो गए।

"कार्नहैन वापस ड्रावोट के पास चला गया, जो किसी और घाटी में चला गया था, जहाँ बर्फ-ही-बर्फ थी और पहाड़-ही-पहाड़ थे। वहाँ कोई इनसान नहीं था। सेना डर गई, इसलिए ड्रावोट उनमें से एक को गोली मार देता है और आगे बढ़ जाता है। वह बढ़ता जाता है। फिर उसे एक गाँव में कुछ लोग मिलते हैं। सेना स्पष्ट करती है कि जब तक लोग खुद मरना नहीं चाहें, उन्हें उनकी छोटी-छोटी तोड़ेदार बंदूकें नहीं चलानी चाहिए; क्योंकि उनके पास तोड़ेदार बंदूकें थीं। हमारी दोस्ती पुजारी से हो जाती है और मैं वहाँ दो सैनिकों के साथ

अकेला रुक जाता हूँ और उन लोगों को कवायद करना सिखाता हूँ। एक धमाकेदार बड़ा सरदार ढोल-ताशे और तुरही बजाता बर्फ पर से चलकर वहाँ आता है; क्योंकि उसने सुना कि एक नया देवता पैदा हो रहा है। कार्नहैन बर्फ में आधा मील की दूरी पर भूरे आदमी को देखता है और उनमें से एक को घायल कर देता है। फिर वह सरदार को यह संदेश भेजता है कि अगर वह मरना नहीं चाहता तो उसे आकर मुझसे हाथ मिलाना होगा और अपने हथियार पीछे छोड़ने होंगे। पहले सरदार अकेला आता है और कार्नहैन उससे हाथ मिलाता है और अपने हाथ घुमाता है, जैसे ड्रावोट किया करता था। वह सरदार बहुत चकित हुआ और वह मेरी भौंहों को थपथपाता है। फिर कार्नहैन उस सरदार के पास अकेला जाता है और उससे इशारों में पूछता है कि क्या उसका कोई दुश्मन है, जिससे वह नफरत करता है?

'हाँ, है,' वह सरदार कहता है। इसलिए कार्नहैन उन आदमियों में से छँटनी करता है। सेना के दो आदमियों को उन्हें कवायद दिखाने के लिए लगाता है और दो हफ्ते बीतने पर वे आदमी वालंटियरों की तरह वह सब करना सीख जाते हैं। इसलिए वह सरदार के साथ एक पहाड़ के ऊपर एक बड़े से मैदान की तरफ चल देता है और सरदार के आदमी एक गाँव में घुस पड़ते हैं, उस पर कब्जा कर लेते हैं। हम तीन मार्टिनी दुश्मन पर फायर करते हैं। इस तरह हमने उस गाँव को भी ले लिया और मैं सरदार को अपने कोट से एक चिथड़ा देता हूँ और कहता हूँ, 'मेरे आने तक कब्जाए रहो।' जो कि धर्मशास्त्र में लिखा था। एक तरह से याद दिलाने के लिए जब मैं और सेना अठारह सौ गज दूर थे तो मैं बर्फ पर खड़े उसके पास एक गोली गिरा देता हूँ और सारे लोग औंधे मुँह गिर जाते हैं। तब मैं ड्रावोट को एक पत्र भेजता हूँ, वह चाहे जहाँ भी हो, जमीन से या समुद्र से।''

उसके बातचीत और खयालों के सिलसिले को तोड़ने का जोखिम उठाते हुए मैंने बीच में टोक दिया, ''तुम वहाँ दूर पत्र कैसे लिख सके?''

''पत्र?··· ओह! पत्र! मेरी आँखों के बीच में देखते रहो, मेहरबानी से। यह धागों से बात करनेवाला पत्र था, जो हमने पंजाब में एक अंधे भिखारी से सीखा था।''

मुझे याद आया कि एक बार ऑफिस में एक अंधा आदमी एक गाँठदार टहनी और एक धागा लेकर आया था, जिसे उसने अपनी किसी गुप्त लिपि के मुताबिक टहनी पर बाँधा था। वह दिन या घंटे बीत जाने पर अपने बोले हुए जुमले को दुबारा बता सकता था। उसने अक्षरों को कम करके ग्यारह आदिम ध्वनियों तक कर दिया था और उसने अपना तरीका मुझे सिखाना चाहा था, मगर मेरी समझ में नहीं आया।

''मैंने वह पत्र ड्रावोट को भेज दिया।'' कार्नहैन ने कहा, ''और उसे बोला कि वह वापस आ जाए, क्योंकि यह राज्य इतना बड़ा हो चला था कि मेरे लिए उसे सँभालना मुमकिन नहीं था और फिर मैं पहली घाटी में यह देखने चला गया कि पुजारी कैसा काम कर रहे हैं। हमने जिस गाँव को उसके सरदार के साथ कब्जाया, उसे उन्होंने 'बशकई' कहा और जिस पहले गाँव को हमने अपने कब्जे में लिया, उसे 'अर-हेब'। अर-हेब का पुजारी अच्छा काम कर रहा था, मगर उनके पास जमीन के बहुत सारे मामले लटके हुए थे, जो उन्होंने मुझे दिखाए। वहाँ किसी और गाँव के कुछ आदमी रात में तीर चला रहे थे। मैंने बाहर जाकर उस गाँव को देखा तथा एक हजार गज की दूरी से उस पर चार बार गोलियाँ चलाईं। उसमें मेरे सारे कारतूस खर्च हो गए, जो मैं खर्च करना चाहता था। मैं ड्रावोट का इंतजार करने लगा, जिसे गए दो-तीन महीने हो गए थे। मैंने अपने लोगों को शांत रखा।''

''एक सुबह शैतान के ढोल-ताशों व तुरहियों की आवाज सुनी और डैन ड्रावोट अपनी सेना और सैकड़ों आदमियों के पुछल्ले के साथ पहाड़ी से कदमताल करता नीचे आया। सबसे ज्यादा अचंभे की बात यह थी कि उसके सिर पर सोने का एक बड़ा ताज था। 'हे भगवान्!' कार्नहैन डेनियल कहता है, 'यह तो जबरदस्त धंधा है। 'जहाँ तक यह हमारे लिए काम का हो सकता है, हमारे पास पूरा देश है। मैं तो एलेक्जेंडर और रानी सेमिरामिस का बेटा हूँ। ये तुम मेरे छोटे भाई हो और देवता भी। हमने इतनी बड़ी बात पहले कभी होते नहीं देखी। मैं छह हफ्तों से सेना के साथ चल रहा हूँ, पचास मील तक हर गाँव खुशी-खुशी शामिल हो गया है और यही नहीं, तुम भी देखना, इस सारे तमाशे की चाबी मेरे हाथ में है। मेरे पास तुम्हारे लिए एक ताज है। मैंने उनसे 'शू' नाम

की एक जगह में दो ताज बनाने को कहा, जहाँ सोना पत्थर में इस तरह पाया जाता है जैसे बकरे के मांस में चरबी। मैंने सोना देखा है और चट्टानों से फिरोजा निकाला है। नदी की रेत में याकूत है। यह रहा कहरुबा का एक टुकड़ा, जो एक पुजारी ने मुझे लाकर दिया। सारे पुजारियों को बुलाओ और यह अपना ताज लो।''

''उनमें से एक आदमी बालों का एक झोला खोलता है और वह ताज पहन लेता है। वह बहुत छोटा और भारी था, मगर मैंने उसे शान के लिए पहन लिया। यह पिटवाँ सोने का था—पाँच पौंड वजनी, जैसे किसी पीपे का छल्ला।''

'पीचे।' ड्रावोट कहता है, 'हम अब और लड़ना नहीं चाहते। क्राफ्ट की चाल चलनी है, इसलिए मेरी मदद करो।' वह उसी सरदार को आगे करता है, जिसे मैं बशकई में छोड़कर आया था। बाद में हम उसे बिली फिश बुलाने लगे थे, क्योंकि वह बहुत कुछ उस बिली फिश की तरह था, जिसने पुराने जमाने में बोलन पर माक में बड़ा टैंक इंजन चला दिया था। 'उससे हाथ मिलाओ।' ड्रावोट कहता है। और मैंने हाथ मिलाया तो जैसे गिरा ही दिया, क्योंकि बिली फिश ने मुझे ग्रिप दी। मैंने कुछ नहीं कहा, मगर उस पर फेलो क्राफ्ट ग्रिप आजमाई। वह बिल्कुल ठीक जवाब देता है। मैंने मास्टर्स ग्रिप को आजमाया, मगर वह एक गलती थी। 'यह एक फेलो क्राफ्ट है!' मैं डैन से कहता हूँ, क्या उसे वचन की जानकारी है?'—'उसे है।' डैन कहता है, 'और सभी पुजारियों को जानकारी है। यह एक चमत्कार है। सारे सरदार और पुजारी एक फेलो क्राफ्ट लॉज को इस तरीके से कर सकते हैं, जो बहुत कुछ हमारे तरीके जैसा ही है। उन्होंने पत्थरों पर निशान तराशे हैं, मगर उन्हें थर्ड डिग्री की जानकारी नहीं है। वे जानने आए हैं। यह भगवान् का सच है। मैंने इन तमाम वर्षों में जाना है कि अफगानों को फेलो क्राफ्ट डिग्री तक की ही जानकारी थी; मगर यह तो चमत्कार है। क्राफ्ट का भगवान् और महाउस्ताद मैं हूँ। थर्ड डिग्री में एक लॉज मैं खोलूँगा और हम गाँवों के मुख्य पुजारियों व सरदारों को उठाएँगे।''

'' 'यह तो तमाम कानूनों के खिलाफ है।' मैं कहता हूँ, किसी के भी वारंट के बगैर लॉज खोलना; और तुम्हें पता है, हमने कभी किसी लॉज में ऑफिस नहीं रखा।''

" 'यह बड़ा दाँव है।' ड्रावोट कहता है, 'इसका मतलब है, देश को इतनी आसानी से चलाना जैसे ढलान पर चार पहियों वाली गाड़ी। अब हम पूछताछ के लिए नहीं रुक सकते, वरना वे हमारे खिलाफ हो जाएँगे। मेरे पीछे चालीस सरदार हैं और उन्हें उनकी काबिलियत के मुताबिक पास किया जाएगा और उठाया जाएगा। इन आदमियों को गाँवों में टिकाओ और तय करो कि हम किसी किस्म का लॉज चलाएँ। इंब्रा का मंदिर लॉज का कमरा बन जाएगा। औरतें तुम्हारे दिखाए मुताबिक एप्रन बनाएँ। आज रात मैं सरदारों की सभा करूँगा और कल लॉज।' "

"मैं काफी थक चुका था, मगर मैं इतनी बेवकूफ भी नहीं थी कि यह क्राफ्ट वाला धंधा हम पर कितना भारी पड़ रहा था। मैंने पुजारियों के परिवारों को बताया कि डिग्रियों के एप्रन कैसे बनने हैं; मगर ड्रावोट के एप्रन के लिए नीला किनारा और निशान फिरोजा के टुकड़ों के बनाए गए, जो कपड़े पर न होकर सफेद खाल पर थे। हमने स्वामी की कुरसी के लिए मंदिर से एक बड़े चौकोर पत्थर को लिया और हाकिमों की कुरसियों के लिए छोटे पत्थरों को। सब चीजें ठीक-ठाक हों, उसके लिए हमने भरसक कोशिश की।"

"उस रात बड़े-बड़े अलावों के बीच पहाड़ी ढलान पर जो सभा हुई, उसमें ड्रावोट यह ऐलान करता है कि वह और मैं देवता थे और एलेक्जेंडर के बेटे थे और क्राफ्ट में महाउस्ताद थे। काफिरिस्तान को ऐसे देश बनाने आए थे, जहाँ हर आदमी शांति से खाएगा और चैन से पिएगा। खासकर हमारा हुक्म मानेगा। तब सरदार हाथ मिलाने आते हैं और उनके शरीर पर इतने बाल थे और वे इतने सफेद व गोरे थे कि ऐसा लगा कि हम पुराने दोस्तों से हाथ मिला रहे हैं। वे हिंदुस्तान के हमारे जिन जानकारों की तरह थे, हमने उन्हें उन्हीं का नाम दिया—बिली फिश, हॉली डिलवर्थ, पिकी केरगन—जो तब बाजार मास्टर था जब मैं महू में था—वगैरह-वगैरह।"

"सबसे ज्यादा अचंभित करनेवाला चमत्कार अगली रात लॉज में हुआ। एक बूढ़ा पुजारी हम पर लगातार नजर रख रहा था। मैं असहज महसूस कर रहा था, क्योंकि मुझे पता था कि हमें अनुष्ठान करना होगा। मुझे नहीं पता था कि आदमियों को क्या पता है। बूढ़ा पुजारी एक अजनबी था, जो बशकई गाँव के

बाहर से आया था; जैसे ही ड्रावोट ने स्वामी का एप्रन पहना, जो लड़कियों ने उसके लिए बनाया था, पुजारी चीखता-चिल्लाता है और उस पत्थर को उलटने की कोशिश करता है, जिस पर ड्रावोट बैठा हुआ था। अब सब कुछ खत्म होता है।' मैं कहता हूँ, 'बिना वारंट के ड्राफ्ट से छेड़छाड़ करने पर यही होता है।' ड्रावोट ने पलक तक नहीं झपकाई। तब भी नहीं, जब दस पुजारियों ने महाउस्ताद की कुरसी-यानी इंब्रा के पत्थर को ले लिया और उसे पलट दिया। पुजारी इसके निचले सिरे को रगड़कर उस पर से काली मिट्टी को साफ करने लगता है और दूसरे सभी पुजारियों को स्वामी या उस्ताद का निशान दिखाता है, जो बिलकुल ड्रावोट के पैरों पर बने निशान जैसा था और उन्हें चूमता है। 'फिर किस्मत ने साथ दिया।' लॉज के पार से ड्रावोट मुझे कहता है, 'वे कहते हैं, यह खोया हुआ निशान है, जिसके बारे में किसी को पता नहीं है। अब हम ज्यादा ही महफूज हैं।' फिर वह अपनी बंदूक के कंधे को ठकठकाता है और कहता है, 'मुझे मेरे और पीचे के द्वारा दिए गए अधिकार के बूते पर मैं खुद को इस देश की इस मदर लॉज काफिरिस्तान की तमाम बिरादरी का महतास्वामी था; महाउस्ताद और पीचे के साथ बराबरी से काफिरिस्तान का राजा घोषित करता हूँ।'

इस पर वह अपना ताज पहन लेता है और मैं अपना। मैं सीनियर वार्डन का किरदार कर रहा था—और हम लॉज को खूब बड़े रूप में खोलते हैं। यह एक अचंभित करनेवाला चमत्कार था। पुजारी लोग जैसे बिना बताए ही पहली दो डिग्रियों में होकर अंदर आ गए, मानो उनकी याददाश्त वापस आ रही थी। उसके बाद पीचे और ड्रावोट ने उनमें से काबिल को ऊपर उठाया, जो दूर-दराज के गाँवों के सरदार और मुख्य पुजारी थे। बिली फिश उनमें पहला था और मैं आपको बता सकता हूँ कि हमने उसे बहुत डरा दिया था। यह किसी भी तरह से अनुष्ठान या कर्मकांड के अनुसार नहीं था; मगर इससे हमारा काम बन गया। हमने सबसे बड़े आदमियों में से दस से ज्यादा को नहीं उठाया, क्योंकि हम डिग्री को इतना मामूली नहीं बनाना चाहते थे। और वह उठाए जाने की माँग कर रहा था।''

'' 'अगले छह महीनों में,' ड्रावोट कहता है, 'हम एक संगत करेंगे और देखेंगे कि तुम कैसा काम कर रहे हो।' फिर वह उनसे उनके गाँवों के बारे में

पूछता है और उसे बताया जाता है कि वे एक-दूसरे से लड़ रहे हैं और इस तरफ से ऊब और थक चुके हैं। जब वह यह नहीं करता होता था तो वह मुसलमानों से लड़ता होता था। 'तुम उनसे तब लड़ सकते हो जब वे हमारे देश में आते हैं।' ड्रावोट कहता है, 'अपने कबीलों के प्रत्येक दसवें आदमी को सरहदी गारद के लिए रखो। एक बार में दो सौ को भेजो कि उन्हें कवायद सिखाई जाए। जब तक कोई आदमी अच्छा करता है, उसे गोली या भाला नहीं मारा जाएगा। मैं जानता हूँ कि तुम मुझे धोखा नहीं दोगे, क्योंकि तुम सफेद लोग हो—एलेक्जेंडर के बेटे हो और आम लोगों की तरह काले मुसलमानों की तरह नहीं हो। तुम मेरे लोग हो और भगवान् कसम, वह आखिर में अंग्रेजी पर आते हुए कहता है, 'मैं तुम्हें एक बढ़िया कौम बनाऊँगा या मैं बनावट के दौरान मर जाऊँगा!'

''अगले छह महीनों तक हमने क्या किया, यह मैं नहीं बता पाऊँगा; क्योंकि ड्रावोट ने ऐसा बहुत कुछ किया, जिसका सिर-पैर भी मेरे पल्ले नहीं पड़ा और उसने उनकी बोली भी इस ढंग से सीख डाली, जो मेरे लिए कभी मुमकिन नहीं होता। मेरा काम था लोगों को खेती में मदद करना और जब-तब सेना के आदमियों को ले जाकर यह देखना कि दूसरे गाँवों में क्या हो रहा है—और गहरी सँकरी घाटियों पर रस्सी के पुल बनवाना, जो देश को भयंकर हालत में काट देती हैं। ड्रावोट मुझ पर बहुत मेहरबान था; मगर जब वह चीड़ वन में दोनों हाथों से अपनी उस खूनी लाल दाढ़ी को नोंचता इधर से उधर चहलकदमी करता तो मुझे पता चल जाता था कि वह ऐसी योजनाओं पर सोच रहा है, जिनके बारे में मैं सलाह नहीं दे सकता था और मैं बस उसके हुक्म का इंतजार करता था।

''मगर ड्रावोट ने लोगों के सामने कभी मेरी बेइज्जती नहीं की। वे मुझसे और सेना से डरते थे, मगर डैन से वे प्यार करते थे। वह पुजारियों और सरदारों का सबसे अच्छा दोस्त था, मगर पहाड़ियों के पार से कोई भी शिकायत लेकर आ सकता था। ड्रावोट उसे बिना तरफदारी किए सुनता था। चार पुजारियों को बुलाकर यह बताता था कि उस मामले में क्या करना है? वह बिली फिश को बशकई से और पिकी केरगन को शू से और एक बूढ़े सरदार को बुलाता था,

जिसे हम 'कफूजेलम' कहकर बुलाते थे—जो बहुत कुछ उसके असली नाम जैसा था—जब छोटे गाँवों में लड़ाई करनी होती थी तो उनके साथ बैठकें करता था। यह उसकी जंगी कौंसिल थी और बशकई, शू, खवाक और माडोरा के चार पुजारी उसकी प्रिवी कौंसिल में थे। उन्होंने मुझे चालीस आदमी और बीस राइफलें और फिरोजा लिये साठ आदमी देकर गोरबंद देश में हाथ की बनी राइफलें खरीदने के लिए भेजा, जो काबुल में अमीर के कारखाने से निकलती हैं। ये राइफलें मुझे अमीर की एक हेराती रेजीमेंट से खरीदनी थीं, जो फिरोजा पत्थरों के लिए अपने मुँह से दाँत तक तोड़कर दे सकते थे।''

''मैं गोरबंद में एक महीना रहा और वहाँ के गवर्नर का मुँह बंद करने के लिए मैंने अपनी टोकरी में से सबसे अच्छी चीजें दीं, रेजीमेंट के कर्नल को मैंने उससे कुछ ज्यादा घूस दी। उन दो कबाइलियों के बीच हमें हाथ से बनी सौ से भी ज्यादा राइफलें मिल गईं और एक सौ बढ़िया कोहाट जेजैल, जिनकी मार छह सौ गज तक थी। राइफलों के लिए चालीस आदमियों पर लदा बहुत घटिया गोला-बारूद। मैं उन्हें लेकर वापस आ गया और उन्हें उन आदमियों में बाँट दिया, जिन्हें सरदारों ने मेरे पास कवायद सीखने के लिए भेजा था। ड्रावोट के पास इन कामों के लिए वक्त नहीं था, मगर पहली बार हमने जो वह पुरानी सेना बनाई थी, उसमें मेरी मदद की। हमने पाँच सौ आदमी तैयार किए, जो कवायद कर सकते थे और दो सौ जो अच्छी तरह से हथियार पकड़ सकते थे। वे कार्क-स्क्रूवाली, हाथ से बनी वे राइफलें भी उनके लिए अजूबा थीं। जब सर्दी आने को हुई तो ड्रावोट चीड़वन में बारूद की दुकानों और कारखानों के बारे में बड़ी-बड़ी बातें बनाता घूमता रहा।

''मैं कौम नहीं बनाऊँगा, वह कहता है, 'मैं एक साम्राज्य बनाऊँगा! ये आदमी हब्शी नहीं हैं; वे अंग्रेज हैं! उनकी आँखें देखो, उनके मुँह देखो; उनके खड़े होने का अंदाज देखो। वे अपने घरों में कुरसियों पर बैठते हैं। वे खोए हुए कबीले हैं या ऐसा ही कुछ और वे अंग्रेज बनने को बड़े हुए हैं। अगर पुजारी डरे नहीं तो मैं बहार के मौसम में जनगणना कराऊँगा। इन पहाड़ियों में उनकी संख्या 20 लाख तो होगी ही। गाँवों में छोटे बच्चों की भरमार है। 20 लाख लोग—दो सौ पचास हजार लड़ाकू आदमी—और सारे-के-सारे अंग्रेज! उन्हें

बस राइफलों और थोड़ी कवायद की जरूरत है। दो सौ पचास हजार आदमी हिंदुस्तान की तरफ कोशिश करने पर रूस के दाहिने हिस्से को काट डालने को तैयार! पीछे, भाई,' अपनी दाढ़ी को बड़े-बड़े टुकड़ों में चबाते हुए वह कहता है, 'हम सम्राट् होंगे—धरती के सम्राट्! राजा ब्रुक हमारे लिए एक दूध पीता बच्चा होगा। मैं वाइसराय से बराबरी का बरताव करूँगा। मैं उससे कहूँगा कि मुझे बारह चुने हुए अंग्रेज—बारह, जिन्हें मैं जानता हूँ—भेजें, जिनकी मदद से हम थोड़ा राज कर सकें। सिगौली का सार्जेंट पेंशनर है मैकरे—उसने मुझे कई बार अच्छा डिनर दिया है और उसकी बीवी को पाजामा। टोंगहू जेल का वार्डर डॉनकिन है। ऐसे सैकड़ों हैं, जिन्हें अगर मैं हिंदुस्तान में होता तो पकड़ सकता था। वाइसराय मेरा यह काम कर देगा। मैं वसंत में उन आदमियों के लिए एक आदमी भेजूँगा। मैंने ग्रांड मास्टर (महाउस्ताद के तौर पर जो कुछ किया है, उसके लिए मैं ग्रांड लॉज से एक व्यवस्था के लिए लिखूँगा। यह और वे) तमाम तोड़दार बंदूकें, जिन्हें तब फेंक दिया जाएगा, जब हिंदुस्तान के देसी फौजी मार्टिनी ले लेंगे। इन पहाड़ियों में लड़ने के लिए उनकी अहमियत होगी। बारह अंग्रेज, एक लाख तोड़दार बंदूकें थोड़ी-थोड़ी करके अमीर के मुल्क में होकर जाती हैं। मैं एक साल में बीस हजार से संतुष्ट रहूँगा—और हम एक साम्राज्य होंगे। जब सबकुछ टिप-टॉप हो जाएगा तो मैं ताज को—इस ताज को, जो मैं अब पहने हूँ—घुटनों के बल बैठकर महारानी विक्टोरिया को सौंप दूँगा और वह कहेंगी, 'उठिए, सर डेनियल ड्रावोट।' ओह, यह बड़ा है! यह बड़ा है, मैं तुम्हें बता रहा हूँ। मगर हर जगह कितना कुछ किया जाना है—बशकई में, खवाक में, शू में और हर कहीं।''

''यह क्या है?' मैं कहता हूँ, 'इस पतझड़ अब और आदमी कवायद के लिए नहीं आ रहे। उन मोटे, काले बादलों को देखो। वे बर्फ लेकर आ रहे हैं।''

''ऐसी बात नहीं है।' डैनियल बहुत सख्ती से मेरे कंधे पर अपना हाथ रखते हुए कहता है, 'और मैं ऐसी कोई बात नहीं कहना चाहता, जो तुम्हारे खिलाफ हो; क्योंकि और किसी भी जिंदा आदमी ने मेरे पीछे चलकर मुझे वह नहीं बनाया होता जो आज मैं हूँ, जैसा कि तुमने किया है। तुम एक अव्वल दर्जे

के सेनापति हो और लोग तुम्हें जानते हैं; मगर यह एक बड़ा मुल्क है और कुछ भी हो, पीचे, तुम उस तरह मेरी मदद नहीं कर सकते जैसे मैं चाहता हूँ।''

'तो फिर अपने उन्हीं निगोड़े पुजारियों के पास जाओ!' मैंने कहा और यह कहकर मुझे अफसोस भी हुआ, मगर मुझे इस बात का दुःख तो जरूर हुआ था कि जब मैंने ही सारे आदमियों को कवायद कराई थी और उसका हर कहना मैंने माना था, फिर भी डेनियल इतना बड़ा होकर बोल रहा था।'

'हमें लड़ना नहीं चाहिए, पीचे।' डैनियल बगैर भला-बुरा बोले कहता है। 'तुम भी राजा हो और इस राज्य का आधा हिस्सा तुम्हारा है; मगर क्या तुम्हारी समझ में यह नहीं आ रहा कि हमें अब हमसे ज्यादा होशियार आदमियों की जरूरत है—तीन या चार आदमियों की, जिन्हें हम अपने सहायक बनाकर इधर-उधर भेज सकें। यह एक काफी बड़ा राज्य है और मैं हमेशा तो यह बता नहीं सकता कि क्या करना सही है। और मैं जो करना चाहता हूँ, उस सबके लिए मेरे पास समय नहीं है और अब जाड़ा आ रहा है।' उसने अपनी आधी दाढ़ी अपने मुँह में रख ली, जो उसके ताज के सोने की तरह बिल्कुल लाल थी।'

'माफ करना, डैनियल,' मैं कहता हूँ, 'मैं जो कुछ भी कर सकता था, मैंने किया। मैंने आदमियों को कवायद सिखाई और लोगों को दिखाया कि वे अपनी जई को बेहतर ढंग से कैसे ढेर बनाकर रख सकते हैं; और मैं उन टिन-छाप राइफलों को गोरबंद से लेकर आया। मगर मैं जानता हूँ, तुम क्या कहना चाहते हो; मैं समझता हूँ, राजा लोग इस हाल में हमेशा परेशान महसूस करते हैं।'

'एक बात और भी है।' ड्रावोट चहलकदमी करते हुए कहता है, 'जाड़ा आ रहा है और ये लोग ज्यादा तंग नहीं करेंगे। अगर उन्होंने ऐसा किया तो इधर-उधर नहीं जा पाएँगे। मुझे एक बीवी चाहिए।'

'खुदा के वास्ते, औरत-वौरत को रहने दो।' मैं कहता हूँ, 'हम दोनों तो काम कर सकते हैं। वह सब हमारे पास है, हालाँकि मैं बेवकूफ हूँ। कॉण्ट्रैक्ट को याद रखो और औरतों से दूर रहो।'

'कॉण्ट्रैक्ट तो बस हमारे राजा बनने तक के लिए था और राजा बने तो हमें इतने महीने हो गए हैं', ड्रावोट अपने ताज को अपने हाथ में तौलते हुए कहता है। 'तुम भी जाकर अपने लिए बीवी का इंतजाम करो, पीचे—एक

अच्छी, लंबी-तगड़ी, मांसल लड़की, जो तुम्हें सर्दी में गरम रखे। वे अंग्रेज लड़कियों से ज्यादा सुंदर हैं और हम उनमें से छाँट सकते हैं। उन्हें एक-दो गरम पानी में उबालो और वे बिल्कुल चूजे जैसी निकल आएँगी।'

'मुझे लालच मत दो।' मैं कहता हूँ, 'मैं किसी औरत से कोई सरोकार नहीं रखूँगा, तब तक तो बिल्कुल नहीं जब तक हम और नहीं जम जाते। मैं दो आदमियों का काम करता आ रहा हूँ और तुम तीन आदमियों का काम कर रहे हो। क्यों न हम थोड़ा आराम करें और अफगान देश से कुछ बेहतर तंबाकू मँगाने की जुगाड़ करें, थोड़ी बढ़िया शराब का इंतजाम करें; मगर औरतें बिल्कुल नहीं।'

'औरतों की बात कौन कर रहा है?' ड्रावोट कहता है, 'मैंने कहा बीवी— एक रानी, जो राजा के लिए राजा का बेटा पैदा करे। सबसे मजबूत कबीले से ली गई रानी, जिससे वे तुम्हारे सगे भाई बन जाएँगे और वह तुम्हारे पहलू में लेटकर तुम्हें यह बताएगी कि लोग तुम्हारे बारे में क्या सोचते हैं। अपने बारे में भी बताएगी। मैं तो बस यह चाहता हूँ।'

" 'तुम्हें उस बंगाली औरत की याद है, जिसे मैंने मुगलसराय में तब रखा हुआ था जब मैं पटरी बिछानेवाला हुआ करता था?' मैं कहता हूँ, 'वह मेरे लिए बहुत अच्छी थी। उसने मुझे अपनी बोली और एक-दो दीगर चीजें सिखाईं; मगर हुआ क्या? वह स्टेशन मास्टर के नौकर और मेरी आधी तनख्वाह के साथ भाग गई। फिर वह दादर जंक्शन में एक दोगली नस्ल के आदमी के साथ दिखाई दी और यह कहने की उसने हिमाकत की कि मैं उसका पति था—और वह भी रनिंग शेड में तमाम ड्राइवरों के बीच।'

" 'हम उसे भुगत चुके हैं।' ड्रावोट कहता है, 'ये औरतें तुमसे या मुझसे भी बहुत सफेद हैं और मैं तो सर्दी के महीनों के लिए एक रानी रखूँगा।'

" 'आखिरी बार मैं तुमसे कह रहा हूँ, डैन, ऐसा मत करो। मैं कहता हूँ, 'इससे हम पर सिर्फ परेशानी आएगी। बाइबिल में कहा गया है कि राजाओं को अपनी ताकत औरतों पर बरबाद नहीं करनी चाहिए; खासकर तब जब उन्हें अभी एक नए अनगढ़ राज्य पर काम करना है।'

" 'आखिरी बार तुम्हें जवाब दे रहा हूँ कि मैं ऐसा करूँगा।' ड्रावोट ने

कहा और वह चीड़ के पेड़ों में होकर चला गया। वह एक बड़े शैतान जैसा दिख रहा था। सूरज उसके ताज और उसकी दाढ़ी वगैरह पर चमक रहा था।

मगर बीवी हासिल करना उतना आसान नहीं था जितना डैन ने सोचा था। उसने इसे कौंसिल के सामने रखा, पर उसे कोई जवाब नहीं मिला। आखिर में बिली फिश ने कहा कि बेहतर होगा कि वह लड़कियों से पूछे। ड्रावोट ने उन सब पर लानत भेजी। 'मुझमें क्या बुराई है?' वह इंब्रा के बुत के पास खुड़े हुए चिल्लाता है। 'क्या मैं कुत्ता हूँ या मैं तुम्हारी छोकरियों के मतलब का मरद नहीं हूँ? क्या मैंने इस मुल्क पर अपने हाथ का साया नहीं रखा है? अफगानों की पिछली चढ़ाई को किसने रोका?'

वास्तव में वह मैं था जिसने उसे रोका था, मगर ड्रावोट इतना गुस्से में था कि उसे याद ही नहीं रहा।

'तुम्हारी बंदूकें कौन लाया है? पुलों की मरम्मत किसने की? वह महास्वामी या महा-उस्ताद कौन है, जिसका निशान पत्थर पर खुदा हुआ है?' वह बोलता है और वह लॉज में, हमेशा लॉज की तरह खुलने वाली कौंसिल में जिस ब्लॉक पर बैठता था, उस पर उसने जोर से अपना हाथ मारा। बिली फिश ने कुछ नहीं कहा और दूसरों ने भी फिर कुछ नहीं कहा। 'तैश में मत आओ, डैन।' मैंने कहा, 'और लड़कियों से पूछो। घर पर ऐसे ही होता है ये लोग बिल्कुल अंग्रेज हैं।'

" 'राजा की शादी राज्य का मामला है।'' डैन कहता है। उसका चेहरा गुस्से में सफेद हो रहा था, क्योंकि मुझे लगता है कि उसे महसूस हो गया था कि वह अपने बेहतर दिमाग के खिलाफ काम कर रहा था। वह कौंसिल के कमरे से बाहर निकल गया और दूसरे लोग शांत बैठे रहे। वे जमीन को ताक रहे थे।

''बिली फिश।' मैं बशकई के सरदार से कहता हूँ, 'यहाँ क्या मुश्किल है? एक सच्चे दोस्त को सीधा जवाब दो।'

''देखो, बिली फिश कहता है, ''जो आदमी सब कुछ जानता है वह तुम्हें क्या बताए? मनुष्य की बेटियाँ देवताओं या शैतानों से कैसे शादी कर सकती हैं? यह सही नहीं है।'

" 'मुझे बाइबिल की एक ऐसी ही बात याद आई, मगर हमें इतने दिनों तक देखने के बाद भी अगर वे यही मानते हैं कि हम देवता हैं तो मैं तो उनके विश्वास को तोड़ नहीं सकता था।'

" 'देवता कुछ भी कर सकता है।' मैं कहता हूँ, "अगर राजा को कोई लड़की भाती है तो वह उसे मरने नहीं देगा।'

"उसे मरना ही होगा।" बिली फिश ने कहा, 'इन पहाड़ों में हर किस्म के देवता और शैतान हैं। जब-तब कोई लड़की उनसे शादी करती रहती है और फिर उसका अता-पता भी नहीं रहता। फिर, तुम दोनों पत्थर से खुदे उस निशान को जानते हो। सिर्फ देवता ही यह जानते हैं। जब तक तुमने स्वामी का निशान नहीं दिखाया था, हम यही सोचते थे कि तुम इनसान हो।"

"तब मेरा यह मन हुआ था कि हम एक उस्ताद राजगीर के सच्चे रहस्यों के खो जाने के बारे में पहले ही साफ कर देते; मगर मैंने कुछ नहीं कहा। उस पूरी रात पहाड़ की आधी दूरी पर एक छोटे, अँधेरे मंदिर में तुरहियाँ बजने की आवाज आती रही और मैंने एक लड़की के रोने की दर्दनाक आवाज सुनी। एक पुजारी ने हमें बताया कि उसे राजा से शादी के लिए तैयार किया जा रहा है "

"मुझे ऐसी कोई बकवास नहीं चाहिए," डैन कहता है, "मैं तुम्हारे रीति-रिवाजों में दखल नहीं देना चाहता; मगर मैं खुद अपनी बीवी को हासिल करूँगा।" "लड़की कुछ डरी हुई है।" पुजारी कहता है, "वह सोचती है वह मर जाएगी, और वे मंदिर में उसे दिलासा दे रहे हैं।"

"तो फिर उसे बहुत नरमी से दिलासा दो।" ड्रावोट कहता है, "या फिर मैं तुम्हें बंदूक के कुंदे से ऐसा दिलासा दूँगा कि तुम फिर कभी दिलासा देना नहीं चाहोगे।" डैन ने अपने होंठों पर जीभ फेरी और आधी रात से भी ज्यादा समय तक जागता रहा, टहलता रहा और उस बीवी के बारे में सोचता रहा, जो सुबह उसको हो जानी थी।

मैं बिल्कुल भी सहज नहीं था, क्योंकि मैं जानता था कि चाहे आप बीस बार ताजधारी राजा हों, फिर भी परदेस में किसी औरत से संबंध बनाना जोखिम भरा ही होत है। मैं सुबह बहुत जल्दी उठ गया, जबकि ड्रावोट सोया हुआ था

और मैंने देखा कि पुजारी लोग एक-दूसरे से कानाफूसी कर रहे थे और सरदार लोग भी आपस में कानाफूसी कर रहे थे। उन्होंने मुझे कनखियों से देखा।

''क्या चल रहा है, फिश?'' मैं बशकई वासी से कहता हूँ, जो फर में लिपटा हुआ था और शानदार दिख रहा था।

''मैं ठीक-ठीक तो नहीं बता सकता।'' वह कहता है, ''अगर तुम राजा को मना सको कि वह अपनी इस शादीवाली बकवास को छोड़ दे तो यह उस पर, मुझ पर और अपने आप पर तुम्हारी बहुत बड़ी मेहरबानी होगी।''

''यह तो मैं भी मानता हूँ।'' मैं कहता हूँ, ''मगर, सच बिली, हमारे खिलाफ और हमारी तरफ से लड़ चुकने के बाद यह तो तुम भी जानते हो कि राजा और मैं सर्वशक्तिमान परमेश्वर के बनाए दो सबसे अच्छे इनसानों से ज्यादा और कुछ नहीं हैं। इससे ज्यादा कुछ नहीं हैं हम, मैं तुम्हें यकीन दिलाता हूँ।''

''यह हो सकता है।'' बिली फिश कहता है, ''और फिर भी, अगर ऐसा है तो मुझे अफसोस होगा।'' वह एक मिनट के लिए अपना सिर अपने फरवाले बड़े लबादे में गड़ा लेता है और सोचता है।

''राजा।'' वह कहता है, ''तुम चाहे इनसान हो या भगवान् या शैतान, आज मैं तुम्हारा साथ दूँगा। मेरे पास मेरे बीस आदमी हैं और वे मेरे पीछे रहेंगे। तूफान थमने तक हम बशकई जाएँगे।''

रात में थोड़ी बर्फ गिरी थी और सबकुछ सफेद था, सिवाय उन चीकट काले बादलों के, जो उत्तर की दिशा से नीचे और नीचे उतरते आ रहे थे। ड्रावोट सिर पर ताज पहने बाहर आया। वह अपने हाथ घुमा रहा था, अपने पाँव पटक रहा था और पंच से भी ज्यादा खुश दिखाई दे रहा था।

''आखिरी बार कह रहा हूँ, इसे छोड़ दो डैन।'' मैं बहुत धीमे से कहता हूँ, ''यह बिली फिश कहता है कि यहाँ झगड़ा होगा।''

''मेरे लोगों के बीच झगड़ा।'' ड्रावोट कहता है, ''ज्यादा नहीं। पीचे, तुम अपने लिए भी बीवी न लेकर बेवकूफी कर रहे हो। लड़की कहाँ है?'' वह गधे जैसी रेंकती तेज आवाज में कहता है, ''सारे सरदारों और पुजारियों को बुलाया जाए और सम्राट् को देखने दो कि उसकी बीवी उसके लायक है या नहीं।''

"किसी को बुलाने की जरूरत नहीं थी। वे सब वहीं थे, चीड़ वन के बीच में खाली जगह पर अपनी बंदूकों और अपने भालों पर टिके। बहुत से पुजारी नीचे छोटे मंदिर से लड़की को लाने गए और तुरहियाँ इतनी तेज आवाज में बजीं कि मुरदे भी जाग जाएँ। बिली फिश चहलकदमी करता है और डेनियल के जितने नजदीक खड़ा हो सकता है, हो जाता है। उसके पीछे उसके बीस आदमी तोड़ेदार बंदूकें लिये खड़े हुए थे। उनमें एक भी आदमी का कद छह फीट से कम नहीं था। मैं ड्रावोट के बगल में था और मेरे पीछे थे नियमित सेना के वे बीस आदमी। वह लड़की आती है। एक लंबी-तगड़ी छोकरी थी, चाँदी और फिरोजे से लदी; मगर मुरदों-सी सफेद और वह मिनट-मिनट पर मुड़कर पुजारियों को देख रही थी।"

"चलेगी।" डैन ने उसे देखकर कहा, "डर किस बात का, लड़की? आओ, मुझे चूमो।" वह उसकी कमर में हाथ डालता है।

वह अपनी आँखें बंद कर लेती है। उसके मुँह से हल्की सी चूँ की आवाज निकलती है और अपने चेहरे को वह डैन की सुर्ख लाल दाढ़ी के पास झुका लेती है।

"उस कुतिया ने मुझे काट लिया है!" अपनी गरदन पर हाथ मारते हुए वह कहता है। और सचमुच, उसका हाथ खून से लाल था। बिली फिश और तोड़ेदार बंदूक लिये उसके दो आदमी डैन को कंधों से पकड़ लेते हैं और उसे बशकई के आदमियों के बीच घसीट ले जाते हैं; जबकि पुजारी लोग अपनी बोली में चिल्लाते हैं—"न तो भगवान् न शैतान बल्कि इनसान।"

मैं अचंभे में रह गया, क्योंकि एक पुजारी ने मुझ पर सामने से वार किया और सेना बशकई के आदमियों पर गोली चलाने लगी।

"हे भगवान्!" डैन कहता है, "इसका क्या मतलब है?"

"वापस आओ! इधर आ जाओ!" बिली फिश कहता है, "इसका मतलब है बरबादी और बगावत। हो सका तो हम बशकई निकल जाएँगे।"

"मैंने अपने आदमियों—नियमित सेना के आदमियों—को कोई हुक्म देना चाहा, मगर उसका कोई फायदा नहीं हुआ। इसलिए मैंने उनमें से भूरों पर एक अंग्रेजी मार्टिनी से फायर कर दिया और एक कतार में तीन भिखारियों को

छलनी कर दिया। पूरी घाटी में लोगों की चीख-पुकार मच गई,। हर कोई चिल्लाने लगा, 'न भगवान न शैतान, बल्कि बस इनसान!' बशकई के सैनिक बिली फिश से बँधे रहे, मगर उनकी तोड़दार बंदूकें काबुल की ब्रीचलोडरों के मुकाबले आधी भी नहीं थीं। उनमें से चार ढेर हो गए। डैन एक साँड़ की तरह हुंकार रहा था, क्योंकि वह बहुत गुस्से में था और बिली फिश को उसे भीड़ पर झपटने से रोकने के लिए बहुत मशक्कत करनी पड़ी।''

''हम टिक नहीं सकते।'' बिली फिश कहता है, ''घाटी से नीचे दौड़ पड़ो। पूरा इलाका हमारे खिलाफ है।'' तोड़दार बंदूकें लिये आदमी दौड़ पड़े और हम ड्रावोट की परवाह न करते हुए घाटी में नीचे चले गए। वह भयंकर तरीके से भला-बुरा बक रहा था और चिल्ला-चिल्लाकर कह रहा था, मैं राजा हूँ। पुजारियों ने हम पर बड़े-बड़े पत्थर लुढ़काए और नियमित सेना ने खूब फायरिंग की और डैन, बिली फिश तथा मुझको छोड़ छह आदमी ही तलहटी तक जिंदा आ पाए।''

''फिर उन्होंने फायरिंग बंद कर दी और मंदिर में फिर से तुरहियाँ बजने लगीं। 'आ जाओ—खुदा के वास्ते आ जाओ।' बिली फिश कहता है, 'हमारे बशकई पहुँचने से पहले ही वे सारे गाँवों में अपने आदमी दौड़ा देंगे। वहाँ तो मैं तुम्हारी हिफाजत कर सकता हूँ, मगर इस समय मैं कुछ नहीं कर सकता।'

''मेरा अपना सोचना है कि डैन उसी घड़ी से पागल होने लगा था। उसने एक फँसे हुए सुअर की तरह ऊपर-नीचे ताका। फिर उसने अकेले ही वापस जाने और पुजारियों को अपने हाथों से ही निहत्थे मार डालने का पक्का इरादा कर लिया। और वह ऐसा कर भी सकता था। एक सम्राट् हूँ मैं।'' डैनियल कहता है, ''और अगले साल मैं महारानी का नाइट बन जाऊँगा।''

''ठीक है, डैन,'' मैं कहता हूँ, ''मगर अब तो चलो, अभी वक्त है।''

''यह सब तुम्हारी गलती है।'' वह कहता है, ''तुमने अपनी सेना की बेहतर देखभाल नहीं की। बीच में बगावत हो रही थी और तुम्हें पता ही नहीं चला—तुम कमबख्त इंजन चलानेवाले, पटरी बिछानेवाले, मिशनरी का पास तलाशनेवाले शिकारी कुत्ते।'' वह एक चट्टान पर बैठे-बैठे जो भी जी में आया, मुझे बकता रहा। मेरा दिल इतना परेशान था कि मैंने उसकी कोई परवाह

नहीं की, हालाँकि इस तबाही की वजह उसी की बेवकूफी थी।''

''मुझे अफसोस है, डैन।'' मैं कहता हूँ, ''मगर देसी लोगों का कोई भरोसा नहीं है। यह धंधा हमारा सत्तावनवाँ है। हो सकता है, हम अब भी इसमें से कुछ अच्छा निकाल लें, बशकई पहुँचकर।''

''तो फिर बशकई चलें।'' डैन कहता है, ''और खुदा कसम, जब मैं यहाँ वापस आऊँगा तो मैं पूरी घाटी की ऐसी सफाई करूँगा कि कंबल में एक खटमल भी नहीं बचेगा।''

उस सारा दिन हम पैदल चलते रहे और उस सारी रात डैन बर्फ पर अपने पैर पटकता घूमता रहा, अपनी दाढ़ी चबाता रहा और कुछ-कुछ बड़बड़ाता रहा।

''बच निकलने की कोई उम्मीद नहीं है।'' बिली फिश ने कहा, ''पुजारी लोग गाँवों में अपने लोगों को यह कहने के लिए दौड़ा चुके होंगे कि तुम लोग फकत इनसान हो। हालात कुछ और ठीक हो जाने तक तुम देवता ही क्यों नहीं बने रहे? मैं तो मर गया!'' बिली फिश कहता है। वह बर्फ पर गिर पड़ता है और अपने देवताओं से प्रार्थना करने लगता है।

''अगली सुबह हम एक बेरहम खराब मुल्क में थे—पूरा ऊबड़-खाबड़ था, कहीं कोई चौरस जमीन नहीं थी और खाने को भी कुछ नहीं था। बशकई के उन छह आदमियों ने बिली फिश को भूखों की तरह देखा, मानो वे कुछ पूछना चाहते हों, मगर उन्होंने एक शब्द भी नहीं कहा। दोपहर में हम बर्फ से ढके एक चौरस पहाड़ के ऊपर पहुँचे और जब हम उस पर चढ़े तो हमने क्या देखा कि बीच में एक सेना पोजीशन लेकर हमारा इंतजार कर रही थी।''

''उनके आदमियों ने बहुत तेजी दिखाई।'' बिली फिश थोड़ा हँसते हुए कहता है, ''वे हमारा इंतजार कर रहे हैं।''

''तीन या चार आदमियों ने दुश्मन की तरफ से फायरिंग शुरू कर दी और एक गोली अचानक डेनियल की पिंडली में लगी। इससे उसे होश आ गया। वह बर्फ के पार सेना की तरफ देखता है और उसे वे राइफलें दिखाई देती हैं, जो हम उस मुल्क में लेकर आए थे।''

''हमारा तो काम हो गया'', वह कहता है, ''ये लोग वे अंग्रेज हैं—और

यह मेरी ही बेवकूफी है कि तुम्हारा यह हाल हुआ है। वापस जाओ, बिली फिश और अपने आदमियों को ले जाओ। तुम जो कर सकते थे, तुमने किया और अब इसे रहने दो। कार्नहैन!'' वह कहता है, ''मुझसे हाथ मिलाओ और बिली के साथ निकल जाओ। शायद वे तुम्हें नहीं मारेंगे। मैं जाकर उनसे अकेले ही मिलूँगा। मैंने ही यह सब किया। मैंने, राजा ने।''

''जाओ!'' मैं कहता हूँ, ''भाड़ में जाओ, डैन। मैं यहाँ तुम्हारे साथ हूँ। बिली फिश, तुम निकल जाओ। हम दोनों उन लोगों से मिलेंगे।''

''मैं एक सरदार हूँ।'' बिली फिश कहता है, बहुत खामोशी से कहता है, ''मैं तुम्हारे साथ रुकूँगा। मेरे आदमी जा सकते हैं।''

''बशकई के वे आदमी आगे की बात सुनने के लिए एक सेकंड भी नहीं रुके और भाग लिये। डैन और मैं तथा बिली फिश उस तरफ चल दिए, जहाँ नगाड़े पीटे जा रहे थे और तुरहियाँ फूँकी जा रही थीं। ठंड का आलम था—जबरदस्त ठंड थी। अब वह ठंड मेरे सिर के पीछे है। वहाँ इसका एक गूमड़ है।''

पंखा-कुली सोने चले गए थे। ऑफिस में मिट्टी के तेल के दो लैंप जल रहे थे। मेरे चेहरे पर से पसीना बह रहा था। मेरे आगे झुकने पर वह सोखते पर गिरा। कार्नहैन काँप रहा था और मुझे डर लग रहा था कि उसका दिमाग चल न जाए। मैंने अपने चेहरे से पसीना पोंछा। उन दयनीय रूप से टूटे-फूटे हाथों को फिर से पकड़ा और कहा, ''उसके बाद क्या हुआ?''

थोड़ी देर के लिए मेरी नजरें क्या हटीं कि साफ धारा ही टूट गई थी।

''तुम क्या कहना चाहते थे?'' कार्नहैन ने हुंकार भरी, ''वे लोग उन्हें बिना कोई आवाज किए ले गए। बर्फ के पूरे रास्ते जरा-सी फुसफुसाहट भी नहीं हुई; हालाँकि राजा ने उस पहले आदमी को मार गिराया, जिसने उस पर हाथ डाला था—हालाँकि बूढ़े पीचे ने उसमें से भूरे आदमी में अपना आखिरी कारतूस उतार दिया था। उन सुअरों ने एक भी अकेली आवाज नहीं निकाली। बस, उन्होंने हमें बहुत नजदीक से घेर लिया और मैं तुम्हें बता सकता हूँ कि उनके फरवाले लबादे गंधा रहे थे। बिली फिश नाम का एक आदमी था, जो हम सबका अच्छा दोस्त था और हुजूर, उन्होंने वहीं-के-वहीं उसका गला

काट दिया, एक सुअर की तरह। और राजा खूनी बर्फ पर पैर पटकता हुआ कहता है, हमने उम्मीद से अच्छा किया। अब आगे क्या होने जा रहा है?'' मगर पीचे, पीचे टलियाफेरो, मैं हम दो दोस्तों के बीच यह राज की बात बताता हूँ। हुजूर, उसका दिमाग घूम गया था। नहीं हुजूर, राजा का दिमाग खराब हुआ था, उन छलिया रस्सी-पुलों में से एक पर। मेहरबानी से मुझे वह पेपर कटर दें, हुजूर। यह इस तरह झुका था। वे उसे बर्फ पर एक मील तक चलाकर ले गए और एक रस्सी-पुल पर पहुँचे, जो एक तंग घाटी के ऊपर था। जिसकी तलहटी में एक नदी थी। आप वह मंजर देखते। वे उसे किसी बैल की तरह पीछे से कोंचते हुए ले गए।

''लानत तुम्हारी आँखों पर!'' राजा कहता है, ''तुम क्या सोचते हो कि मैं एक शरीफ आदमी की तरह नहीं मर सकता?'' वह पीचे की तरफ घूमता है—पीचे, जो एक बच्चे की तरह रो रहा था। ''तुम्हें इस हाल में मैंने पहुँचाया है, पीचे।'' वह कहता है, ''तुम्हारी खुशहाल जिंदगी से निकाल लाया मैं काफिरिस्तान में मरने को, जहाँ तुम सम्राट् की फौजों के सेनापति थे। कहो कि तुमने मुझे माफ कर दिया है, पीचे।''

''मैंने माफ कर दिया।'' पीचे कहता है, ''मैंने तुम्हें पूरे तौर पर और आजादी से माफ कर दिया है, डैन।''

''हाथ मिलाओ, पीचे।'' वह कहता है, ''मैं अब जा रहा हूँ।'' फिर वह चला जाता है। वह न दाएँ देखता है और न बाएँ। जब वह उन चकराती घूमती रस्सियों के बीच झूल रहा था तो—'काटो भिखारियों' वह चिल्लाता है और वे काट देते हैं और बूढ़ा डैन गिर जाता है, गोल-गोल घूमते हुए, बीस हजार मील, क्योंकि उसे नीचे पानी तक पहुँचने में आधा घंटा लग गया और मैंने देखा, उसका शरीर एक चट्टान पर जा टकराया। उसका सोने का ताज उसकी बगल में था।''

''मगर तुम्हें पता है, उन्होंने चीड़ के दो पेड़ों के बीच पीचे का क्या किया? उन्होंने उसे सलीब पर चढ़ा दिया। हुजूर, जैसा कि तुम पीचे के हाथों में देख सकते हो। उन्होंने उसके हाथों और पैरों के लिए लकड़ी के खूँटों का इस्तेमाल किया, वह मरा नहीं। वह वहाँ लटका रहा, चिल्लाता रहा। अगले

दिन उन्होंने उसे उतार लिया और कहा कि यह चमत्कार ही था कि वह मरा नहीं। उन्होंने उसे उतार लिया—उस बेचारे बूढ़े पीचे को, जिसने उनका कोई नुकसान नहीं किया था—जिसने उनका कोई…''

यहाँ आकर वह लहराने लगा और फूट-फूटकर रोने लगा। वह अपने दागी हाथों के पीछे से अपनी आँखें पोंछता रहा और लगभग दस मिनट तक बच्चों की तरह बिलखता रहा।

उन्होंने उसके साथ बहुत बेरहमी की कि उसे मंदिर में खाना खिलाया, क्योंकि उनका कहना था कि वह बूढ़े डेनियल के मुकाबले ज्यादा देवता सरीखा था, जबकि डैन तो एक इनसान ही था। फिर उन्होंने उसे बर्फ में निकाल दिया और उससे कहा कि वह घर जाए और पीचे रास्ते में भीख माँगता हुआ करीब एक साल में सही-सलामत घर पहुँचा और डेनियल ड्रावोट की बात करें तो वह आगे-आगे चला और बोला, ''आओ पीचे, चलें। हम यह बड़ा काम कर रहे हैं।'' पहाड़ वे रात में नाचते थे और पहाड़ वे पीचे के सिर पर गिरने को होते थे, मगर डैन उसने अपना हाथ ऊपर कर दिया और पीचे दोहरा होकर निकल आया। उसने डैन का हाथ कभी नहीं छोड़ा। उसने डैन के सिर को कभी नहीं छोड़ा। यह सिर उसे उन्होंने मंदिर में एक तोहफे के तौर पर दिया था, ताकि उसे याद रहे कि उसे वहाँ फिर लौटकर नहीं जाना है, हालाँकि ताज खालिस सोने का था और पीचे भूखा मर रहा था, फिर भी पीचे ने उसे कभी बेचा नहीं। तुम ड्रावोट को जानते थे, हुजूर! तुम परम आदरणीय ब्रदर ड्रावोट को जानते थे! उसे अब देखो!

उसने अपनी झुकी कमर पर लपेटे हुए चिथड़ों के ढेर को टटोला, कंबल का एक काला झोला निकाला, जिस पर चाँदी के तार की कढ़ाई हुई थी और उसमें से झाड़कर मेरी मेज पर गिरा दिया—सूखा, मुरझाया सिर डेनियल ड्रावोट का। सुबह की जो धूप बहुत देर से लैंपों की रोशनी को मंद कर रही थी वह लाल दाढ़ी और बेनूर धँसी आँखों पर पड़ी; फिरोजों से जड़े सोने के एक छोटे गोले पर भी पड़ी, जिसे कार्नहैन ने सौम्यता से टूटी-फूटी कनपटियों पर रख दिया।

''अब देखो,'' कार्नहैन ने कहा, ''सम्राट् अपनी पोशाक में जैसे वह

रहता था—अपने सिर पर अपना ताज धरे काफिरिस्तान का राजा। बेचारा बूढ़ा डेनियल, जो कभी एक महाराजा था!''

मैं काँप गया, क्योंकि बहुत बिगड़ जाने के बावजूद मैं मारवाड़ जंक्शन वाले उस आदमी के सिर को पहचान गया था। कार्नहैन जाने के लिए उठा। मैंने उसे रोकने की कोशिश की। वह बाहर चलने लायक नहीं था।

''मुझे ह्विस्की ले जाने दो और मुझे थोड़े पैसे दो।'' उसने हाँफते हुए कहा, ''मैं कभी राजा था। मैं डिप्टी कमिश्नर के पास जाऊँगा और उससे कहूँगा कि मेरी सेहत ठीक हो जाने तक मुझे गरीबों के आश्रम में रखे। नहीं, शुक्रिया मैं तुम्हारा मेरे लिए गाड़ी मँगाने का इंतजार नहीं कर सकता। मुझे जरूरी निजी काम है—दक्षिण में—मारवाड़ में।''

वह ऑफिस से पैर घसीटते हुए निकल गया और डिप्टी कमिश्नर के मकान की दिशा में चला गया। उस दिन दोपहर में मुझे चकाचौंध कर देनेवाले गरम मॉल में जाना पड़ा। मैंने एक टेढ़े आदमी को सड़क किनारे की सफेद धूल में रेंग-रेंगकर चलते देखा, उसके हाथ में उसका हैट था और वह घर (अपने वतन) में मिलनेवाले नुक्कड़ गायकों की तरह काँपती शोकाकुल आवाज में बुदबुदा रहा था। एक बंदा भी दिखाई नहीं पड़ रहा था और वह घरों से इतना दूर था कि उसकी आवाज किसी के कानों तक पहुँच ही नहीं सकती थी। वह अपने सिर को दाएँ से बाएँ झुलाता अपनी नाक से गा रहा था—

''मनुष्य का पुत्र जाता है जंग पर,
सोने का मुकुट लाने को;
उसका खूनी लाल झंडा फहराता है दूर-दूर—
कौन है तैयार उसके पीछे जाने को?''

इससे आगे सुनने की मेरी इच्छा नहीं हुई, बल्कि मैंने उस बेचारे अभागे को अपनी गाड़ी में डाला और उसे सबसे नजदीक के मिशनरी के पास ले गया, जहाँ से उसे अंत में पागलखाने भेज देना था। मेरी मौजूदगी में उसने वह गीत दो बार गाया। वह मुझे बिल्कुल भी नहीं पहचान रहा था और मैं उसे मिशनरी के लिए गाते छोड़कर आ गया।

दो दिन बाद मैंने पागलखाने के अधीक्षक से उसका हाल-चाल पूछा।

''उसे जब दाखिल किया गया तो उसे लू लगी हुई थी। वह कल तड़के मर गया।'' अधीक्षक ने कहा, ''क्या यह सच है कि वह भरी दोपहर में आधा घंटा नंगे सिर धूप में रहा?''

''हाँ,'' मैंने कहा, ''मगर क्या तुम्हें पता है कि मरते समय उसके पास कुछ था?''

''मेरी जानकारी में तो नहीं।'' अधीक्षक ने कहा। और बात वहीं पर खत्म हो गई।

□□□